创新型素质教育精品教材

互联网+教育改革新理念教材

大学生人文经典系列

古典诗词晨读暮写

主审 潘岳生

主编 刘传勇 段淑萍 陈 钢

上海交通大学出版社
SHANGHAI JIAO TONG UNIVERSITY PRESS

内容提要

古典诗词是中华优秀传统文化的重要组成部分，是中华民族不可或缺的精神食粮。本书共分为九篇，包括山水田园篇、思亲怀乡篇、赠友送别篇、爱情悼亡篇、边塞军旅篇、贬谪宦游篇、哲理禅趣篇、咏物言志篇、借古咏怀篇。所选诗词或抒发感人至深的家国情怀，或表现催人奋进的理想追求，或表达发人深省的真知灼见，具有沁人心脾的情感魅力。同时，每首诗词的讲解均由"倾听细酌""品读指导""作品鉴赏""随学随练"四个部分组成，旨在使学生在轻松、愉悦的学习过程中，领略中国古典诗词的魅力，以陶冶情操，提升智慧，丰富人生。

本书既可作为大学生素质教育的教材，也可作为中国古典文化爱好者的业余读物，同时适合广大诗词爱好者学习参考。

图书在版编目（CIP）数据

古典诗词晨读暮写 / 刘传勇，段淑萍，陈钢主编
. -- 上海 ：上海交通大学出版社，2020（2022 重印）
（大学生人文经典系列）
ISBN 978-7-313-22580-1

Ⅰ. ①古… Ⅱ. ①刘… ②段… ③陈… Ⅲ. ①古典诗歌－中国－高等学校－教材 Ⅳ. ①I222

中国版本图书馆 CIP 数据核字(2020)第 015607 号

古典诗词晨读暮写
GUDIAN SHICI CHENDU MUXIE

主　　编：刘传勇　段淑萍　陈　钢
出版发行：上海交通大学出版社　　地　　址：上海市番禺路 951 号
邮政编码：200030　　电　　话：021-64071208
印　　制：三河市祥达印刷包装有限公司　　经　　销：全国新华书店
开　　本：787mm×1092mm　1/16　　印　　张：16.5
字　　数：382 千字
版　　次：2020 年 2 月第 1 版　　印　　次：2022 年 8 月第 5 次印刷
书　　号：ISBN 978-7-313-22580-1
定　　价：45.80 元

告读者：如发现本书有印装质量问题请与发行部联系
联系电话：0316-3656589

序　言

中国是“诗的王国”，中国人写诗、读诗、吟诗的历史源远流长。诗词是我国传统文化宝库中最为璀璨夺目的一颗明珠，也是中国人最宝贵的精神食粮。它隐于中华儿女的灵魂深处，照亮了五彩斑斓、绚丽多姿的文化之路，成就了中华民族五千年的文化自信。诗词的世界包罗万象，从金戈铁马到琴棋书画；从大漠孤烟到水墨江南；从忠肝义胆到千里婵娟；从草木关情到宇宙人生。历代文人骚客都喜欢用诗词来抒发家国情怀或表达对自然、社会、人生乃至宇宙的感受和热爱，遂成就了一篇篇流传千古的佳作。

中国历来就有“诗教”的传统。古人云，不读诗词，不足以知春秋历史；不读诗词，不足以品文化精粹；不读诗词，不足以感天地草木之灵；不读诗词，不足以见流彩华章之美。中国古典诗词有着最优美、最精粹的语言，且大多描绘了美丽的自然和美好的情感，因此，学习诗词可以陶冶情操、塑造心灵、完善人格。此外，孔夫子说：“诗可以兴，可以观，可以群，可以怨。”诗词是我们体验生活、观察社会、激发情志的手段，同时它也为我们提供了一片宁静的栖息地，是我们的“星辰大海，云月长空”。

近年来，党中央大力推进中华优秀传统文化传承发展工程，使得古典诗词成为学校“树德立人”“以文化人”“以文育人”的重要抓手，为此，我们推出了这本《古典诗词晨读暮写》。本教材精选中国传统文化典籍中影响深远、脍炙人口的诗词作品，按题材分类编排，注重学生诵读、理解、赏析和正确书写等能力的培养。具体而言，本教材具有如下特色。

1．培育素养，铸魂育人

本教材在编写时将教育立德树人的根本任务放在首位，突出诗词的美育功能和诗教作用，重在使学生体会经典作品所传达的浩然正气，了解我国的文学底蕴，增强文化自信。此外，本教材还通过诗词朗诵、书法练习，使学生在潜移默化中受到人文经典的熏陶，从而全面提高学生的人文素养。

2．凝聚合力，协同育人

本书在编写的过程中吸收了众多优秀教师及相关专家的意见，精选了大量经典诗词，并引导学生对经典诗词进行整体把握的同时，结合自己的生活经验和阅读经历深刻感知作品，加深对作品的理解，使学生养成健康、高尚的审美情趣。

3．全新理念，全新形态

本书切实融入活页式理念，按照“必需、够用、兼顾发展”的原则组织内容，按照不同的主题设置篇章，打破了以往将诗词按照朝代划分的局限性，使学生能够以一种全新的视角，对中国古典诗词的精髓有一个大致的了解。每首诗词的讲解都由“倾听细酌”“品读指导”“作品鉴赏”“随学随练”四个部分组成，并配有“注释”“作者简介”“译文”和“赏析”等模块，旨在使学生在做中学，在学中做，化被动为主动，通过对诗词的阅读赏析，拓宽文化视野。

4. 特色鲜明，好学好懂

本教材在编写的过程中充分考虑了学生的学习特点，在讲述时力求做到深入浅出、通俗易懂。学生通过参考“倾听细酌”“注释”“译文”等模块中的内容，就可以快速了解每一首诗词的语言风格和思想内涵，并轻松地掌握其中的重要知识点。

5. 资源升级，平台支撑

科技的发展当紧跟时代，教材也应与时俱进。本教材充分利用最新技术，在文中设置了大量的二维码。学生只需使用智能手机或其他移动设备扫码，就能即刻获取相关的教学资源，弥补了纸质书欠缺互动性和立体感的缺陷，使课程能够真正地寓教于乐、寓学于乐。

为了方便学校管理、教师教学和学生自学，本书与一款集教学管理、教学支撑于一体的文旌综合教育平台“文旌课堂”（www.wenjingketang.com）开展了深度合作，学校可借助该平台管理校本课程，教师可借助该平台管理各种教学资源（如教学课件、微课视频等）、布置作业、组织考试，学生可借助该平台阅读课外资源、提交作业、进行线上练习、参加考试等。师生在教与学的过程中有任何疑问，都可以登录该平台寻求帮助。

本教材是课程团队研究课题“中华经典诵写讲进校园行动研究——以岳阳职业技术学院为例”的重要成果，由刘传勇、段淑萍、陈钢担任主编，参与各篇章内容编写的老师还有吴文群、余银燕、袁静兰、付凤熙、杨柳、田茉云、任旭娟、姚方泉、夏文辉、刘雨婷、魏琼瑶、邓婷、刘译、何治清、戴朝晖。

本教材在策划和出版的过程中，得到了上海交通大学出版社和北京金企鹅文化发展有限公司的大力支持和热情帮助，特别是以陈红、陈小平、陈镕、张妍、夏安文等为代表的工作人员，他们高度负责、认真细致的精神，令我们感动！在此，我代表编写组表示衷心感谢！

在编写过程中，我们还参阅了大量已有的诗词教材和相关研究成果，参考了很多的网络资源，由于时间仓促，未能与各位作者及时联系，在此一并表示感谢！由于诗词知识浩如烟海，鉴赏见仁见智，再加之编者水平有限，本教材存在的疏漏和不当之处，敬请广大读者批评斧正，以便进一步修改和完善。

湖南省高职语文教学专业委员会主任

岳阳职业技术学院院长

潘岳生

本书编委会

主　审：潘岳生

主　编：刘传勇　段淑萍　陈　钢

副主编：吴文群　余银燕　袁静兰　付凤熙

参　编：杨　柳　田茉云　任旭娟　姚方泉

夏文辉　刘雨婷　魏琼瑶　邓　婷

刘　译　何治清　戴朝晖

目　录

山水田园篇

思亲怀乡篇

赠友送别篇

爱情悼亡篇

边塞军旅篇

贬谪宦游篇

哲理禅趣篇

咏物言志篇

借古咏怀篇

山水田园篇

探渊索珠——辞致雅赡

正所谓："登山则情满于山，观海则意溢于海"。面对气象万千的自然风景，宁静闲适的田园生活，诗人总会情动于中，形诸于文，山水田园诗由此而来。总的来说，山水田园诗就是以描绘自然山水和田园风光为主要内容，表现返璞归真、怡情养性的情趣，抒写隐逸生活的闲情逸致。其诗风格清新自然，意境淡远闲适，语言质朴淡雅，写景状物工致传神，风光景致是其表，景中之情才是其里，正所谓山山水水总关情。

秦汉时期，诗歌中虽有一些有关自然景象的描写，但诗歌内容都是与生存、欲望、政治、战争等有关，自然风光是未被人识的一块天然璞玉。真正将自然山水作为一种独立的审美对象，诗人以自然山水为题材写诗，则始于魏晋六朝。

魏晋六朝时期，政治紊乱，思想开放，玄学盛行，使得许多具有觉醒意识的诗人，为了全身远祸，不得不离开动荡的政治，藏身匿迹于山泉林木之间。因此，出现了许多山水田园诗。此后，随着陶渊明、谢灵运两位诗人的出现，山水田园诗在诗歌史上有了立足。"晨兴理荒秽，带月荷锄归。""池塘生春草，园柳变鸣禽。"都是我们耳熟能详的诗句。

随着唐诗繁荣局面的到来，山水田园诗也出现了新的风貌和姿态。王维与孟浩然等诗人继承了陶渊明、谢灵运山水诗的传统，形成了一个与边塞诗派交相辉映的山水田园派，使山水田园诗达到了巅峰。山水田园诗到了宋代以后，虽在抒情、状物、写景、叙事方面，有行文不拘一格、耳目一新之作，但其在境界上已远远比不上唐朝。同时，随着时代的发展与变迁，山水田园诗至宋代之后就少有发展了。

本篇将详细讲述孟浩然的《过故人庄》、王湾的《次北固山下》、王维的《山居秋暝》、李白的《早发白帝城》、刘禹锡的《望洞庭》、白居易的《钱塘湖春行》这六首诗，让我们跟着诗人的脚步跋山涉水，领略祖国山河的无限风光，感受山水田园诗歌的隽永芬芳。

过故人庄①

［唐］孟浩然

倾听细酌

这首诗是作者隐居鹿门山时，对被友人邀请去田舍做客的描写。作者心旷神怡，赞叹着美丽的田园风光，创作出这首诗。请扫描二维码一起倾听《过故人庄》的朗诵。

《过故人庄》朗诵

品读指导

shǔ

故人具②鸡黍③，邀我至田家。

绿树村边合④，青山郭⑤外斜⑥。

开轩⑦面场圃⑧，把酒⑨话桑麻⑩。

待到重阳日⑪，还来就菊花⑫。

作者简介

孟浩然（689—740），唐代诗人，襄州襄阳（今湖北襄阳）人，世称“孟襄阳”。他和王维并称“王孟”。

孟浩然的诗歌大部分为五言短篇，题材不宽，多写田园山水、隐逸和行旅等内容。他是继陶渊明、谢灵运、谢朓之后，开盛唐山水田园诗派的第一人。孟诗虽不无愤世嫉俗之作，但更多属于诗人的自我表现。其诗不事雕饰，清淡简朴，感受亲切真实，生活气息浓厚，富有超妙自得之趣。

注释

① 过故人庄：拜访老朋友的田庄。

② 具：准备，置办。

③ 鸡黍：指农家待客的丰盛饭食（字面指鸡和黄米饭）。黍（shǔ），黄米，古代的人们认为是上等的粮食。

④ 合：环绕。

⑤ 郭：古代城墙有内外两重，内为城，外为郭。这里指村庄的外墙。

⑥ 斜（xiá）：倾斜。因古诗需与上一句押韵，所以应读 xiá。

⑦ 轩：窗户。

⑧ 场圃：谷场和菜园。

⑨ 把酒：端着酒具，指饮酒。把，拿起，端起。

⑩ 话桑麻：闲谈农事。桑麻，桑树和麻，这里泛指庄稼。

⑪ 重阳日：指夏历的九月初九。古人在这一天有登高、饮菊花酒的习俗。

⑫ 就菊花：赏菊花。就，靠近，指去做某事。

译文

老朋友准备丰盛的饭菜，邀请我到他的田舍做客。

翠绿的树林围绕着村落，一脉青山在城外隐隐横斜。

推开窗户面对谷场菜园，手举酒杯闲谈庄稼情况。

等到九九重阳节到来时，我还要来这里观赏菊花。

作品鉴赏

赏析

这首田园诗，描写了农家恬静闲适的生活情景，也描写了老朋友的深深情谊。诗由“邀”——“至”——“望”——“约”一径写去，自然流畅。全诗用语朴实无华，意境清新隽永，叙事自然流畅，没有渲染、雕琢的痕迹，感情真挚，诗意醇厚，有“清水出芙蓉，天然去雕饰”的美学情趣，成为自唐代以来田园诗中的佳作。

“故人具鸡黍，邀我至田家。”这首诗开头就像是日记本上的一则记事。故人“邀”而作者“至”，文字上毫无渲染，招之即来，简单而随便。这也正是不用客套的至交之间所可能有的交往形式。老朋友以“鸡黍”相邀，既显出田家特有风味，又见待客之简朴。正是这种不讲虚礼和排场的招待，朋友的心扉才更能为对方敞开。这个开头，虽没有用力，但却很用心，平静而自然，对于将要展开的下文是极好的导入，并渲染了全诗基调。

“绿树村边合，青山郭外斜。”走进村里，作者顾盼之间竟是这样一种清新愉悦的感受。上句漫收近境，绿树环抱，显得自成一统，别有天地；下句轻宕笔锋，郭外的青山依依相伴，展示了一片开阔的远景。这样就由近及远地描述了周边景象：坐落平畴又遥接青山的村庄，使人感到清淡幽静而绝不冷傲孤僻。

“开轩面场圃，把酒话桑麻”，这句就显得更为畅快。“开轩”二字似乎很不经意，但窗一开，外景随即转入户内，更给人以心旷神怡之感。即窗前的一片打谷场和菜圃，在绿阴环抱之中，给人以宽敞、舒展的感觉。“话桑麻”，让读者感到田园气息扑面而来。于是，读者不仅能领略到强烈的农村风味、劳动生产的气息，甚至仿佛嗅到场圃上的泥土味，看到庄稼的成长和收获，体验到地区和季节的风景。这与前两句交相辉映，绿树、青山、村舍、场圃、桑麻和谐地交织在一起，构成一幅优美宁静的田园风景画，宾主的欢笑和关于桑麻的话语，都仿佛萦绕在读者耳边。这幅画面不同于纯然幻想的桃花源，而是更富盛唐社会的现实色彩。正是在这样一个天地里，这位曾经慨叹过“当路谁相假，知音世所稀”的诗人，不仅把政治追求中所遇到的挫折和名利得失忘却了，就连隐居中孤独抑郁的情绪也丢掉了。从他对青山绿树的顾盼、与朋友对酒话桑麻中可以看出，他的思绪舒展了，甚至连他的行为都灵活自在了。

“待到重阳日，还来就菊花。”孟浩然深深被农庄生活所吸引，于是临走时，向主人率真地表示将在秋高气爽的重阳节再来观赏菊花。淡淡两句诗，故人相待的热情，作客的愉快，主客之间的亲切融洽，都跃然纸上。

一个普通的农庄，一回鸡黍饭的普通款待，被孟浩然表现得这样富有诗意。诗人描写的是眼前景，使用的是口头语，描述的层次也是完全任其自然，笔笔都显得很轻松，连律诗的形式也变得自由和灵便。这种淡淡的平易近人的风格，与作者描写的对象——朴实的农家田园生活和谐一致，表现出形式与内容的高度统一。全诗在平淡中蕴藏着深厚的情味：一方面每个句子都几乎不见费力锤炼的痕迹，另一方面每个句子又都不曾显得薄弱。例如，诗的头两句只写友人邀请，却生动描写出朴实的农家气氛；三四句只写绿树青山，却能见到一片天地；五六句只写把酒闲话，却能表现出心情与环境的惬意契合；七八句只说重阳再来，却自然地流露出对这个村庄和故人的依恋。全诗句句平衡均匀，共同构成一个完整的意境，把恬静秀美的农村风光和淳朴诚挚的情谊融成一片。

故人具鸡黍邀我至田家
绿树村边合青山郭外斜
开轩面场圃把酒话桑麻
待到重阳日还来就菊花

学思践悟

这首诗描绘了一幅非常朴实的田园风景画——诚挚亲切的友情，典型的农家生活场景，融自然美、生活美、友情美于一炉，可以看出诗人内心世界的和谐。

随学随练

过故人庄

孟浩然

《过故人庄》书法欣赏

故人具鸡黍，邀我至田家。绿树村边合，青山郭外斜。开轩面场圃，把酒话桑麻。待到重阳日，还来就菊花。

次①北固山下

［唐］王湾

倾听细酌

王湾是开元初年北方诗人，他常年往来于吴楚间，为江南清丽山水所倾倒，并受到当时吴中诗人清秀诗风的影响，写下了一些歌咏江南山水的作品，这首《次北固山下》就是其中最为著名的一篇。请扫描二维码倾听本诗的朗诵。

《次北固山下》朗诵

品读指导

客路青山②外，行舟绿水前。
潮平两岸阔，风正③一帆悬。
海日④生⑤残夜⑥，江春入⑦旧年。
乡书⑧何处达？归雁⑨洛阳边。

作者简介

王湾（约 693—751），字号不详，唐代诗人，洛阳（今河南洛阳）人。他的诗现存有 10 首，其中最著名的就是《次北固山下》。

注释

① 次：旅途中暂时停宿，这里是停泊的意思。
② 青山：指北固山。
③ 风正：风顺。
④ 海日：海上的旭日。
⑤ 生：升起。
⑥ 残夜：夜将尽之时。
⑦ 入：到。
⑧ 乡书：家信。
⑨ 归雁：北归的大雁。

译文

客行在碧色苍翠的青山前，泛舟于微波荡漾的绿水间。

湖水上涨，两岸更显开阔，风势正顺，白帆高高扬起。

残夜将去，旭日初升海上，一年未尽，江南已初入春。

身在旅途，家信何处传？还是托付北归的大雁，让它捎到远方的洛阳。

作品鉴赏

赏析

这首诗以准确精练的语言描写了冬末春初时作者在北固山下停泊时所见到青山绿水、潮平岸阔等壮丽之景。

“客路”，指作者要去的路。“青山”点题，即北固山。作者乘舟，正朝着展现在眼前的“绿水”前进。这一联先写“客路”而后写“行舟”，表现其人在江南、神驰故里的漂泊羁旅之情。

“潮平两岸阔”的“阔”是“潮平”的结果。春潮涌涨，江水浩渺，放眼望去，江面似乎与岸齐平了，船上人的视野也因之开阔。“风正一帆悬”风虽顺，却很猛，那帆就鼓成弧形了。只有既是顺风，又是和风，帆才能够“悬”。

“海日生残夜，江春入旧年。”这一联脍炙人口，历来被人传颂。当残夜还未消退之时，一轮红日已从海上升起；当旧年尚未逝去，江上已露春意。“生”“入”两字用拟人化的手法，赋予“海日”“江春”以人的意志和情思。海日生于残夜，将驱尽黑暗；江春闯入旧年，将赶走严冬。全诗阐述了具有普遍意义的生活真理，给人以乐观、积极、向上的精神鼓舞。

海日东升，春意萌动，诗人泛舟于绿水之上，继续向青山之外的客路驶去。这时候，一群北归的大雁正掠过晴空。雁儿正要经过洛阳啊！诗人想起了“雁足传书”的故事，就托雁儿捎个信吧。正所谓“乡书何处达？归雁洛阳边。”这两句紧承三联而来，遥应首联，使全篇又笼罩着一层淡淡的乡思愁绪。

学思践悟

“海日生残夜，江春入旧年”写出了旧事物中蕴含新事物的哲理，也写出了生命新旧更替的哲理。

知识链接

北固山，镇江“三山”名胜之一。因其远眺北固，横枕大江，石壁嵯峨，山势险固，而得名北固山。甘露寺高踞峰巅，形成“寺冠山”的特色。相传始建于三国东吴甘露元年（265），后屡废屡建，寺内包括大殿、老君殿、观音殿、江声阁等，虽规模不大，但名气却不小。三国时“甘露寺刘备招亲”的故事就发生在这里。山上亭台楼阁、山石涧道，无不与三国时期孙刘联姻等历史传说有关，成为游人寻访三国遗迹的向往之地。

随学随练

次北固山下

王湾

《次北固山下》书写欣赏

客路青山外，行舟绿水前。潮平两岸阔，风正一帆悬。海日生残夜，江春入旧年。乡书何处达？归雁洛阳边。

山居秋暝[①]

［唐］王维

倾听细酌

这首五言律诗是唐代著名山水诗人王维的后期作品。当时，王维已归隐山林。诗中描绘的便是他归隐在辋川别墅时所见到的秋日傍晚雨后山林的景色。诗人笔下的秋景，清新而富有生气，一洗前人诗文中常见的悲凉感伤的情调和低沉灰暗的色彩。请扫描二维码跟随歌曲一起感受王维眼中唯美的景色。

品读指导

空山[②]新[③]雨后，天气晚来秋。
明月松间照，清泉石上流。
竹喧[④]归浣[⑤]女，莲动下渔舟。
随意[⑥]春芳[⑦]歇[⑧]，王孙[⑨]自可留[⑩]。

作者简介

王维（约 701—761），字摩诘，河东蒲州（今山西永济）人，唐朝著名诗人、画家，唐肃宗上元年间任尚书右丞，故世称“王右丞”。现存诗 400 余首，代表诗作有《相思》《山居秋暝》《九月九日忆山东兄弟》等。王维在诗歌上的成就是多方面的，无论边塞诗还是山水诗，无论律诗还是绝句，都有千古流传的佳作。

注释

① 暝：日落，天色将晚。
② 空山：空旷、空寂的山野。
③ 新：刚刚。
④ 竹喧：竹林中笑语喧哗。喧，喧哗，这里指竹叶发出沙沙声响。
⑤ 浣（huàn）女：洗衣服的姑娘。浣，洗涤衣物。
⑥ 随意：任凭。
⑦ 春芳：春天的花草。
⑧ 歇：消散，消失。

⑨ 王孙：原指贵族子弟，后来也泛指隐居的人。

⑩ 留：居。

译文

空旷的群山沐浴了一场新雨，初秋傍晚的天气特别凉爽。

明月映照着幽静的松林间，清澈泉水在山石上淙淙流淌。

竹林中少女喧笑洗衣归来，莲叶轻摇是上游荡下轻舟。

春天的美景虽然已经消歇，眼前的秋景足以令人流连。

作品鉴赏

赏析

开头两句“空山新雨后，天气晚来秋”，勾画出一幅雨后山村的自然画卷。一个“空”字，渲染出天高云淡、万物空灵之美。诗人隐居于此是何等的闲适，流露出诗人的喜爱之情。

“明月松间照，清泉石上流”，描绘出一幅山雨初霁，幽静闲适，清新宜人的傍晚之景。被雨水洗涤后的松林，一尘不染，青翠欲滴，山石也显得格外晶莹剔透，就连月光也像被洗过一样，极其明亮皎洁；山雨汇成的股股清泉顿时流淌于拾级而上的石板上，又顺着山涧蜿蜒而下，发出淙淙的清脆悦耳的欢唱，好似宛转的“小夜曲”奏鸣。“照”与“流”，一上一下，一静一动，静中有动，动中有静，仿佛让人感受到大自然的脉搏在跳动。此时此刻诗人仿佛也觉得自己被洗净了一般，自然的美与心境的美完全融为一体，创造出如水月镜花般的纯美诗境。苏轼把此联誉为“诗中有画”的典范之句。

接下来“竹喧归浣女，莲动下渔舟”，由写景转为写人。诗人采用了“未见其人，先闻其声”的写法。可不是么，既是夜间，又被竹林遮挡，怎么能见到浣洗归来的女人们呢！然而，竹海之中传来的女人们缓步挪移时拨动夜露浸润的翠竹，发出“沙沙”的声响，又伴着她们银铃般的笑声，好一派欢声笑语的喧闹，竟打破了如此宁静的夜空；再听水面莲叶波动，渔舟顺流而下，这是渔夫要乘着今晚的月光去捕鱼。诗人触景生情，感慨油然而生：山民们戴月而作，随性而起，这般朴素、闲适的生活，远比宦途官场清明、纯净得多。在这幅山水画作之中，山村的自然美和村民们的生活美是一体的。这些细节无不传达出诗人不仅喜爱这儿的美景，更喜爱这里的人们。

尾句“随意春芳歇，王孙自可留”，是诗人有感而发。虽然春光已逝，但秋景更佳，愿意留下来。正如诗人在《青溪》所言：“我心素已闲，清川澹如此。”其喜归自然、厌恶宦海之情溢于言表。

总之，这首山水田园诗画山绣水，清新宁静，于诗情画意中寄托了诗人的高洁情怀和对理想的追求，含蕴丰富，耐人寻味。

知识链接

王维的诗大多数是山水田园之作，通过对自然美景的描绘，流露出闲居生活中的闲逸情趣。王维的写景诗篇，常用五律和五绝的形式，篇幅短小、语言精美，音节较为舒缓，用以表现幽静的山水和诗人恬适的心情。王维从中年以后日益消沉，在佛理和山水中寻求寄托。

随学随练

山居秋暝

王维

《山居秋暝》书写欣赏

空山新雨后，天气晚

来秋。明月松间照，清泉石

上流。竹喧归浣女，莲动下

渔舟。随意春芳歇，王孙自

可留。

早发白帝城①

［唐］李白

倾听细酌

李白因参与永王之乱，被贬夜郎（今贵州遵义），当他行至巫山（今四川境内）的时候，唐肃宗宣布大赦天下，李白也被赦免，他像出笼的鸟一样，立刻从白帝城东下，返回江陵（今湖北荆州）。这首诗便是李白返回江陵时所创作的。请扫描二维码倾听本诗的朗诵。

《早发白帝城》朗诵

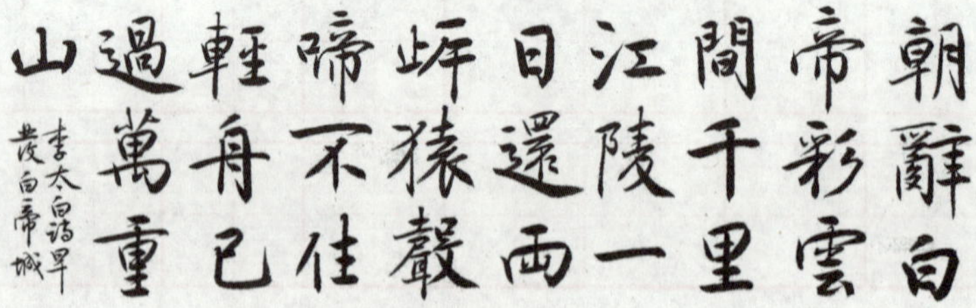

品读指导

朝辞②白帝彩云间③，千里江陵④一日还⑤。
两岸猿声啼不住⑥，轻舟已过万重山⑦。

作者简介

李白（701—762），唐代诗人，字太白，号青莲居士。其诗风豪放飘逸，想象丰富奇绝，语言流转自然，音律和谐多变。他善于从民歌、神话中汲取素材，使其诗具有一种特有的瑰丽绚烂的色彩。李白继屈原之后把积极浪漫主义诗歌推上了一个新高峰，被称为“诗仙”，与杜甫并称“李杜”。

注释

① 白帝城：故址在今重庆市奉节县白帝山上。
② 朝辞：早晨告别。
③ 彩云间：因白帝城在白帝山上，地势高耸，从山下江中仰望，仿佛耸入云间。
④ 江陵：地名，今湖北省荆州市。
⑤ 一日还：一天就可以到达。

⑥ 啼不住：猿猴的鸣、叫不停息。

⑦ 万重山：层层叠叠的山，形容有许多。

译文

清晨告别白云缭绕的白帝城，千里外的江陵一日就能到达。

江两岸的猿在不停地啼叫着，轻快的小舟已驶过万重青山。

作品鉴赏

赏析

《早发白帝城》赏析

“朝辞白帝彩云间”的“彩云间”三字，描写白帝城地势之高，为全篇描写下水船走得很快这一动态蓄势；“间”字有隔断之意，表现了诗人回望云霞之上的白帝城时恍如隔世的感受。如果不写白帝城之高，就无法体现出长江上下游之间的斜度差距之大。正因为白帝城地势高入云霄，下面几句中写舟行的迅捷、行期的短暂、耳（猿声）目（万重山）的不暇迎送，才一一有着落。同时，“彩云间”是写早晨景色，显示出从晦暝转为光明的大好气象，而诗人便在这曙光初灿的时刻，怀着兴奋的心情匆匆告别白帝城。

“千里江陵一日还”的“千里”和“一日”，以空间之远与时间之短形成悬殊对比，令人过目难忘。这里，巧妙的地方在于“还”字上。“还”，归来的意思，它不仅表现出诗人“一日”而行“千里”的痛快，也隐隐透露出遇赦的喜悦。江陵本非李白的家乡，而“还”字却亲切得如同回乡一样。一个“还”字，暗处传神，值得读者细细玩味。

“两岸猿声啼不住”的境界更为神妙。古时长江三峡，“常有高猿长啸”。诗人说“啼不住”，是因为他乘坐飞快的轻舟行驶在长江上，耳听两岸的猿啼声，又看见两旁的山影，猿啼声不止一处，山影也不止一处，由于舟行人速，使得啼声和山影在耳目之间“浑然一片”。身在这如脱弦之箭、顺流直下的船上，诗人感到十分畅快和兴奋。清代桂馥称赞：“妙

在第三句，能使通首精神飞越。"（《札朴》）

"轻舟已过万重山"。为了形容船快，诗人除了用猿声山影来烘托，还给船的本身添上了一个"轻"字。若直说船快，便会显得笨拙；一个"轻"字，却别有一番意蕴。三峡水急滩险，溯流而上时，诗人不仅觉得船重，而且心情更为滞重。如今顺流而下，行船轻如无物，船的快速读者可想而知。"危乎高哉"的"万重山"一过，轻舟进入坦途，诗人历尽艰险、进入康庄旅途的快感，也自然而然地表现出来了。最后两句，既是写景，又是比兴，既是个人心情的表达，又是人生经验的总结，因物兴感，精妙无伦。

随学随练

早发白帝城

李白

朝辞白帝彩云间，千里江陵一日还。两岸猿声啼不住，轻舟已过万重山。

望洞庭①

［唐］刘禹锡

倾听细酌

“飞流直下三千尺，疑是银河落九天”是李白眼中的水。“白日依山尽，黄河入海流”是王之涣笔下的水。祖国的山山水水，从古到今吸引了不少文人墨客，写下了不同的美诗佳句。那么，唐代诗人刘禹锡笔下的山水又是怎样的呢？就让我们跟随朗诵一起感受他眼中的山水。

《望洞庭》朗诵

品读指导

湖光秋月两相和②，潭面无风镜未磨③。
遥望洞庭山水翠，白银盘④里一青螺⑤。

作者简介

刘禹锡（772—842），字梦得，洛阳（今属河南）人，是中唐杰出的政治家、哲学家、诗人和散文家。白居易赞其“彭城刘梦得，诗豪者也”，故刘禹锡又有中唐“诗豪”之称。刘禹锡与白居易并称“刘白”，与柳宗元并称“刘柳”。刘禹锡的最后一任官职是太子宾客，故后世题他的诗文集为《刘宾客集》。

注释

① 洞庭：湖名，在今湖南省北部。
② 和：和谐。这里指水色与月光交相辉映。
③ 镜未磨：像未经打磨的镜子。
④ 白银盘：形容平静而又清的洞庭湖面。
⑤ 青螺：这里用来形容洞庭湖中的君山。

译文

洞庭湖上月光和水色交相融和，湖面风平浪静，犹如未磨的铜镜。
远远眺望洞庭湖山水苍翠如墨，恰似白银盘里托着青青的田螺。

作品鉴赏

赏析

这首诗描写了秋夜月光下洞庭湖的优美景色。诗人飞驰想象，以清新的笔调，生动地描绘出洞庭湖水宁静、祥和的朦胧美，勾画出一幅美丽的洞庭山水图。本诗表现了诗人对大自然的热爱，也表现了诗人壮阔不凡的气度和高卓清奇的情致。

《望洞庭》赏析

诗从一个“望”字着眼，“水月交融”“湖平如镜”，是近望所见；“洞庭山水”“犹如青螺”，是遥望所得。虽都是写望中景象，差异却显而易见——近景美妙、别致；远景迷蒙、奇丽；潭面如镜，湖水如盘，君山如螺。同时，银盘与青螺相映，明月与湖光互衬，更觉情景相容、相得益彰。

“湖光秋月两相和，潭面无风镜未磨。”这首诗的前两句是说，秋夜明月清辉，遍洒澄净湖面，湖面平静无风，犹如铁磨铜镜。秋夜皎皎明月下的洞庭湖水澄澈空明，与素月的清光交相辉映，俨如琼田玉鉴，构成一派空灵、缥缈、宁静、和谐的境界。这就是“湖光秋月两相和”一句所包蕴的诗意。“和”字表现出了水天一色、玉宇无尘的融和的画境。接下来诗人描绘湖上无风，迷迷濛濛的湖面宛如未经磨拭的铜镜。“镜未磨”三字十分形象贴切地表现了千里洞庭风平浪静的景象，在月光下别具一种朦胧美。“潭面无风镜未磨”以生动形象的比喻补足了“湖光秋月两相和”的诗意。因为只有“潭面无风，波澜不惊”，湖光和秋月才能两相协调。否则，湖面狂风怒号，浊浪排空，湖光和秋月无法相映成趣，也就无“两相和”可言了。

第三、四句诗人的视线从广阔的湖光月色的整体画面集中到君山一点。在皓月银辉之下，君山愈显青翠，洞庭水愈显清澈，山水浑然一体，望去如同一只雕镂透剔的银盘里，放了一颗小巧玲珑的青螺，十分惹人喜爱。进而，诗人笔下秋月之中的君山水变成了一件精美绝伦的工艺美术珍品，给人以莫大的艺术享受。在诗人眼里，千里洞庭不过是妆楼奁镜、案上杯盘而已。诗人举重若轻，自然凑泊，毫无矜气作色之态，这是十分难得的。把人与自然的关系表现得这样亲切，把湖山的景物描写得这样高旷清超，极富有浪漫色彩，这正是诗人性格、情操和美学趣味的反映。

学思践悟

描写洞庭湖的诗还有许多，如孟浩然的“气蒸云梦泽，波撼岳阳城”，杜甫的“吴楚东南坼，乾坤日夜浮。”这些诗句和刘禹锡所描写的有什么不同？

随学随练

望洞庭

刘禹锡

《望洞庭》书写示范

湖光秋月两相和，潭面无风镜未磨。遥望洞庭山水翠，白银盘里一青螺。

钱塘湖①春行

［唐］白居易

倾听细酌

杭州西湖不仅有美丽动人的传说，还有山川秀丽的景色。北宋文豪苏轼曾留下赞美西湖的名句“欲把西湖比西子，淡妆浓抹总相宜”，那么同在杭州任过职的白居易，对西湖又是怎样一番喜爱之情呢？今天，就让我们穿越时空的隧道，请白居易做我们的导游，来一场“钱塘湖春行”，领略西湖的大好春光。

《钱塘湖春行》朗诵

品读指导

孤山寺②北贾亭③西，水面初平④云脚低⑤。
几处早莺⑥争暖树⑦，谁家新燕⑧啄春泥。
乱花⑨渐⑩欲⑪迷人眼，浅草⑫才能没⑬马蹄。
最爱湖东⑭行不足，绿杨阴⑮里白沙堤⑯。

作者简介

白居易（772—846），字乐天，号香山居士，祖籍山西太原，到其曾祖父时迁居下邽（今陕西渭南北）。白居易是唐代伟大的现实主义诗人，与元稹共同倡导新乐府运动，世称“元白”。

白居易的诗歌题材广泛，形式多样，语言平易通俗，有“诗魔”和“诗王”之称。官至翰林学士、左赞善大夫。公元846年，白居易逝于洛阳，葬于香山。现有《白氏长庆集》传世，代表诗作有《长恨歌》《卖炭翁》《琵琶行》等。

注释

① 钱塘湖：即杭州西湖。

② 孤山寺：西湖北面孤山上的寺院。

③ 贾亭：又叫贾公亭，西湖名胜之一，是唐朝贾全所筑。

④ 水面初平：湖水才同堤岸齐平，即春水初涨。初，在古汉语里用作副词，常用来表示时间，指不久。

⑤ 云脚低：白云重重叠叠，同湖面上的波澜连成一片，看上去很低。云脚，接近地面的云气，多见于将雨或雨初停时。

⑥ 早莺：初春时早来的黄鹂。莺，黄鹂，其鸣声婉转动听。

⑦ 争暖树：争着飞到向阳的树枝上去。暖树，向阳的树。

⑧ 新燕：刚从南方飞回来的燕子。

⑨ 乱花：纷繁的花。

⑩ 渐：副词，渐渐地。

⑪ 欲：副词，将要，就要。

⑫ 浅草：浅浅的青草。

⑬ 没（mò）：遮没，盖没。

⑭ 湖东：以孤山为参照物，白沙堤（即白堤）在孤山的东北面。

⑮ 阴：同“荫”，指树荫。

⑯ 白沙堤：西湖东畔的白堤。

译文

绕过孤山寺以北，漫步贾公亭以西，湖水初涨与岸平齐，白云垂得很低。

几只早出的黄莺争栖向阳的暖树，谁家新飞来的燕子忙着筑巢衔泥。

野花竞相开放就要让人眼花缭乱，春草还没有长高才刚刚没过马蹄。

最喜爱湖东的美景令人流连忘返，杨柳成排绿荫中穿过一条白沙堤。

作品鉴赏

赏析

戏说《钱塘湖春行》

中国历史上，在杭州当刺史的不乏名人，不过，最有名的莫过于唐朝的白居易和宋朝的苏东坡了。他们不但留下了叫后人缅怀的政绩，而且也流传下来许多描写杭州及西湖美景的诗词文章与传闻轶事，所以又有人们称他们为“风流太守”。白居易的七律《钱塘湖春行》就是为人们所熟知的一首，这首诗不但描绘了西湖旖旎骀荡的春光，以及世间万物在春色沐浴下的勃勃生机，而且将诗人本身陶醉在这良辰美景中的心态和盘托出，使人在欣赏西湖醉人风光的同时，也在不知不觉中深深地被诗人那种对春天、对生命的满腔热情所感染和打动。

“孤山寺北贾亭西，水面初平云脚低。”诗歌的第一句突出地点，第二句描写远景。孤山坐落在西湖的后湖与外湖之间，峰峦叠翠，上有孤山寺，登山观景，美不胜收。贾亭，又叫贾公亭，据《唐语林》卷六载，贞元（785—804），贾全任杭州刺史时，曾在西湖造亭，杭人称其为贾公亭。白居易写此诗时，其亭尚在，也是西湖的一处名胜。白居易一开始来到了孤山寺的北面、贾公亭的西畔，放眼望去，只见春水荡漾、云幕低垂，湖光山色，尽收眼底。“初平”表达的是白居易对春日里西湖的一种特有的感受。连绵不断的春雨，使得如今的湖面看上去比冬日上升了不少，眼看着就要与视线持平了。此刻，脚下平静的水面与天上低垂的云幕构成了一幅宁静的水墨西湖图，而正当诗人默默地观赏西湖那静如处子的神韵时，耳边却传来了阵阵清脆的鸟鸣声，打破了他的沉思，于是他把视线从水云交界处收了回来。

“几处早莺争暖树，谁家新燕啄春泥。乱花渐欲迷人眼，浅草才能没马蹄”这四句是该诗的核心部分，也是白居易描写西湖春光的点睛之笔。这里的“几处”是许多处的意思。用“早”来形容黄莺，体现了白居易对这些充满生机的小生命的由衷喜爱：树上的黄莺一大早就忙着抢占最先见到阳光的“暖树”，生怕一会儿赶不上了。一个“争”字，让人感到春光的难得与宝贵。不知是谁家檐下的燕子，此时也正忙着不停地衔泥做窝。这里用一个“啄”字，来描写燕子那忙碌而兴奋的神情，活灵活现。黄莺是公认的春天的歌唱家，听着它们那婉转的歌喉，使人感到春天的妩媚；燕子是候鸟，它们随着春天一起回到了家乡，忙着重建家园，迎接崭新的生活，看着它们飞进飞出地搭窝，使人们倍感生命的美好。这两句着意描绘出莺莺燕燕的动态，从而使得全诗洋溢着春的活力与生机。

在对天空中的小鸟进行了形象的拟人化描写之后，白居易又把视线转向了脚下的植被——“乱花渐欲迷人眼，浅草才能没马蹄”。这也是一联极富情感色彩与生命活力的景物描写，充分显示了白居易细致的观察能力及准确把握其特征的能力。花而言其乱，乃至乱得迷了赏花人的眼，在旁人的诗句中，很少有这种写法，而这种独特的感受，正是白居易在欣赏西湖景色时切身的体验。五颜六色的鲜花，漫山野地开放，在湖光山色的映衬下，千姿百态，争奇斗艳，使得白居易简直不知把视线投向哪里才好，也无法分辨出高下优劣，只觉得眼也花了，神也迷了，真是美不胜收，应接不暇。“乱花渐欲迷人眼”一句是驻足细看，而“浅草才能没马蹄”，则已经是骑马踏青了。在绿草如茵、繁花似锦的西子湖畔，与二三友人，信马由缰，自由自在地游山逛景，是一件多么惬意的事情呀，马儿似乎也体会到了背上主人那轻松闲逸的兴致，便不紧不慢地踩着那青青的草地，踏上那长长的白堤。诗人在指点湖山、流连光景的不经意间，偶然瞥到了马蹄在草地上亦起亦落、时隐时现的情景，觉得分外有趣，忍不住将其写入了诗中，没想到就是这随意的一笔，却为全诗增添了许多活泼情趣和闲情雅致。著名美学家别林斯基曾说过：“无论在哪一种情况下，美都是从灵魂深处发出的，因为大自然的景象是不可能绝对的美，这美隐藏在创造或者观察它们的那个人的灵魂里。”白居易的《钱塘湖春行》恰恰说明了这一美学欣赏真理。因为西湖的景色再美，也会有不尽如人意之处，但是在白居易的眼中，它无疑是天下最美的景致，因为他不但善于观察，而且更善于发现和体验。

白居易陶醉于西湖美景，不能自已，乃至流连忘返：“最爱湖东行不足，绿杨阴里白沙堤。”白沙堤，即白堤，又称沙堤或断桥堤，西湖三面环山，白堤中贯，在湖东一带。白居易任杭州刺史时，也确曾修堤蓄水，灌溉民田，不过其堤在钱塘门之北，可是后人多误以白堤为白氏所修之堤了。

这首诗就像一篇短小精悍的游记，从孤山、贾亭开始，到湖东、白堤止，一路上，在湖青山绿、美如天堂的景色中，饱览了莺歌燕舞，陶醉于鸟语花香，最后，才意犹未尽地沿着白沙堤，在杨柳的绿荫底下，一步三回头，恋恋不舍地离去了。耳畔还回响着由世间万物共同演奏的春天的赞歌，心中便不由自主地流泻出一首饱含着自然融合之趣的《钱塘湖春行》的优美诗歌来。

学思践悟

这首诗描绘了西湖早春的美好景色，表达了诗人对西湖的赞美和喜爱。由姹紫嫣红的春天联想起我们要热爱大自然，保护大自然，尊重大自然。

随学随练

钱塘湖春行

白居易

《钱塘湖春行》书写欣赏

孤山寺北贾亭西，水面初平云脚低。几处早莺争暖树，谁家新燕啄春泥。乱花渐欲迷人眼，浅草才能没马蹄。最爱湖东行不足，绿杨阴里白沙堤。

拓展阅读

石壁精舍还湖中作

[南北朝] 谢灵运

昏旦变气候，山水含清晖。
清晖能娱人，游子憺忘归。
出谷日尚早，入舟阳已微。
林壑敛暝色，云霞收夕霏。
芰荷迭映蔚，蒲稗相因依。
披拂趋南径，愉悦偃东扉。
虑澹物自轻，意惬理无违。
寄言摄生客，试用此道推。

鸟鸣涧

[唐] 王维

人闲桂花落，夜静春山空。
月出惊山鸟，时鸣春涧中。

下终南山过斛斯山人宿置酒

[唐] 李白

暮从碧山下，山月随人归。
却顾所来径，苍苍横翠微。
相携及田家，童稚开荆扉。
绿竹入幽径，青萝拂行衣。
欢言得所憩，美酒聊共挥。
长歌吟松风，曲尽河星稀。
我醉君复乐，陶然共忘机。

独坐敬亭山

[唐] 李白

众鸟高飞尽，孤云独去闲。
相看两不厌，只有敬亭山。

题破山寺后禅院

[唐] 常建

清晨入古寺，初日照高林。
曲径通幽处，禅房花木深。
山光悦鸟性，潭影空人心。
万籁此俱寂，但余钟磬音。

四时田园杂兴

[南宋] 范成大

其一

梅子金黄杏子肥，麦花雪白菜花稀。
日长篱落无人过，唯有蜻蜓蛱蝶飞。

其二

昼出耘田夜绩麻，村庄儿女各当家。
童孙未解供耕织，也傍桑阴学种瓜。

西江月·夜行黄沙道中

[南宋] 辛弃疾

明月别枝惊鹊，清风半夜鸣蝉。稻花香里说丰年，听取蛙声一片。
七八个星天外，两三点雨山前。旧时茅店社林边，路转溪桥忽见。

思亲怀乡篇

探渊索珠——暮云亲舍

“越鸟巢南枝，狐死必首丘”，“落叶归根”的思想已经沉淀为民族的文化心理。这种思想，时间对它是没有什么意义的，因为它是超现实的，是具有永恒性的。鉴于此，思念家乡亲人就成为萦绕游子内心情感的主旋律。加上古代的交通条件极为落后，行役道路又崎岖不堪，一别动辄几年，甚至再难相见。因此，每当游子羁旅漂泊、思乡念亲、孤独寂寞之时，必然会创作诗词来倾吐内心的积郁，从而实现情感的释然。

文人墨客笔下的思乡怀人之情异常动人。在他们的诗中我们能感受到“艰难苦恨繁霜鬓，潦倒新停浊酒杯”的悲苦之愁；“春风又绿江南岸，明月何时照我还”的思归之愁；“姑苏城外寒山寺，夜半钟声到客船”的漂泊之愁；“独在异乡为异客，每逢佳节倍思亲”的思亲之愁。这些思乡怀人的绝唱，纵使穿越千百年的雨雪风霜，仍然响彻在我们耳畔。

本篇将详细讲述王维的《九月九日忆山东兄弟》、王安石的《泊船瓜洲》、张继的《枫桥夜泊》、孟浩然的《宿建德江》、杜甫的《春望》、李商隐的《夜雨寄北》这六首诗，请大家朗读诗句，身临其境，感受诗人心中的思乡之情、漂泊之苦。

九月九日[1]忆山东兄弟

［唐］王维

倾听细酌

《九月九日忆山东兄弟》是王维十七岁时的作品。当时他正值年少，为谋取功名独自一人在长安漂泊，恰逢重阳佳节，无法与家人团聚，行走于繁华的街道倍感孤独，故用文字来寄托心中这一抹化不开的乡愁。请扫描二维码，倾听这首诗的朗诵，感受王维当时的心境。

《九月九日忆山东兄弟》朗诵

品读指导

独在异乡②为异客③，每逢佳节④倍思亲。
遥知兄弟登高⑤处，遍插茱萸⑥少一人。

注释

① 九月九日：即重阳节。古以九为阳数，故曰重阳。

② 异乡：他乡、外乡。

③ 为异客：作客他乡。

④ 佳节：美好的节日。

⑤ 登高：古有重阳节登高的风俗。

⑥ 茱萸：一种植物，具备杀虫消毒、逐寒祛风的功能。古时人们认为重阳节插戴茱萸可以避灾克邪。

译文

独自远离家乡难免总有一点凄凉，每到重阳佳节倍加思念远方的亲人。

远远想到兄弟们身佩茱萸登上高处，也会因为少我一人而生遗憾之情。

作品鉴赏

赏析

《九月九日忆山东兄弟》赏析

王维是一位早熟的作家，少年时期就创作了不少优秀的诗篇。这首诗就是他十七岁时的作品。

这首诗是作者因重阳节思念家乡的亲人而作。王维家居蒲州，在华山之东，所以题称“忆山东兄弟”。写这首诗时他正在长安谋取功名。繁华的长安城对热衷仕途的年轻士子虽有很大的吸引力，但对于一个少年游子来说，毕竟是举目无亲的“异乡”，而且越是繁华热闹，在茫茫人海中的游子就越显得孤孑无亲。诗歌第一句用了一个“独”字，两个“异”字。对亲人的思念、对自己孤孑处境的感受，都凝聚在这个“独”字里面；“异乡为异客”，两个“异”字所造成的艺术效果，又比一般地诉说他乡作客的孤独要强烈得多。

作客他乡者的思乡怀亲之情，在平日也是存在的，只是没那么强烈而已，但若遇到某种节日（如春节、清明节、重阳节）就很容易爆发出来，甚至一发而不可遏止。这就是所谓的“每逢佳节倍思亲”。这种体验，可以说人人都有，但在王维之前，没有诗人用这样朴素无华而又高度概括的诗句表达过。因此，一经王维道出，它就成了最能表现客中思乡感情的格言式的佳句。

三、四两句诗人从直抒胸臆转笔写到对亲人团聚的联想，遥想兄弟们在重阳佳节登上高山，身上插着茱萸，该是多么的快乐。如果诗人单单是想到亲人们的欢乐，倒可以缓解其思乡之情，但是，诗人转笔一句“遍插茱萸少一人”，道出另一层含义，即诗人未能参与的遗憾之情，而亲人也肯定非常想念自己。诗人推己及人，使得行文曲折有致，出乎常情又在意料之中。

随学随练

九月九日忆山东兄弟

王维

《九月九日忆山东兄弟》书写欣赏

独在异乡为异客，每逢佳节倍思亲。遥知兄弟登高处，遍插茱萸少一人。

泊船①瓜洲

[宋] 王安石

倾听细酌

《泊船瓜洲》朗诵

中国人喜欢月亮，有悠久的文化传统。在中国人心里，月亮代表着故乡，代表着爱情，代表着思念，代表着团聚。例如，李白的“举头望明月，低头思故乡”；杜甫的“露从今夜白，月是故乡明”；张九龄的“海上生明月，天涯共此时”……王安石也不例外，请扫描二维码，欣赏他所作的《泊船瓜洲》，感受他的明月之情。

品读指导

京口②瓜洲③一水间④，钟山⑤只隔数重山。
春风又绿⑥江南岸，明月何时照我还⑦？

作者简介

王安石（1021—1086），字介甫，号半山，临川（今江西省抚州市临川区）人。北宋著名思想家、政治家、文学家、改革家。王安石的文学成就突出，名列“唐宋八大家”，有《王临川集》《临川集拾遗》等存世。

注释

① 泊（bó）船：停船。泊，停泊，指停泊靠岸。

② 京口：古城名，故址在江苏镇江市。

③ 瓜洲：镇名，在长江北岸，扬州南郊，即今扬州市南部长江边，京杭运河分支入江处。

④ 一水间：指一水相隔之间。这里的“一水”指长江。

⑤ 钟山：今南京市紫金山。

⑥ 绿：吹绿，拂绿。

⑦ 还：回。

译文

站在瓜洲渡口，放眼南望，京口和瓜洲之间只隔着一条长江，我所居住的钟山隐没在几座山峦的后面。

暖和的春风又一次吹绿了江南的田野，明月什么时候才能照着我回到钟山下的家里？

作品鉴赏

赏析

首句“京口瓜洲一水间”写望中之景。诗人站在瓜洲渡口，放眼南望，看到了南边岸上的“京口”与“瓜洲”这么近，中间隔着一条江水。“一水间”三字，形容舟行迅疾，顷刻就到。

次句“钟山只隔数重山”，以依恋的心情写他对钟山的回望。王安石于景祐四年(1037)随父王益定居江宁，从此江宁便成了他的息肩之地，第一次罢相后寓居江宁钟山。“只隔”两字极言钟山之近在咫尺，“数重山”反映了诗人对钟山的依恋之深。

第三句“春风又绿江南岸”，描绘了江岸美丽的春色，寄托了诗人浩荡的情思。其中“绿”字是经过精心推敲的，极富表现力。整句话于寻常处出新意，又寓意深刻。这是因为：① 诗人从春风吹过以后产生的奇妙的效果入手，一个“绿”字把看不见的春风转换成鲜明的视觉形象——春风拂煦，百草始生，千里江岸，一片新绿。这就写出了春风的精神，诗意也丰富了许多。② 本句描绘出的生机盎然的景色与诗人奉召回京的喜悦心情相谐合，“春风”既是写实，又有政治寓意。“春风”实指皇恩。宋神宗下诏恢复王安石的相位，表明他决心要把新法推行下去。对此，诗人感到欣喜。他希望凭借这股温暖的春风驱散政治上的寒流，开创新局面。这种心情，用“绿”字表达，最微妙，最含蓄。③ “绿”字还透露了诗人内心的矛盾，而这正是本诗的主旨。鉴于第一次罢相前夕朝廷内部尖锐复杂的政治斗争，对于这次重新入相，他肯定心有顾虑。变法图强，“欲与稷契遐相希”是他的政治理想；退居林下，吟咏情性，是他的生活理想。由于变法遇到强大阻力，他本人也受到反对派的猛烈攻击，因而秀丽的钟山、恬静的山林，对他产生了较大的吸引力。本句暗暗表达了作者希望早日辞官归家的心愿，这个心愿，在结尾句缓缓揭出。

结句“明月何时照我还”，诗人回望既久，不觉红日西沉，皓月初上。隔岸的景物虽然消失在朦胧的月色之中，但对钟山的依恋却愈益加深。他相信自己投老山林，终将有日，故结尾以设问句式表达了这一想法。

随学随练

泊船瓜洲

王安石

《泊船瓜洲》书写欣赏

京口瓜洲一水间，钟山只隔数重山。春风又绿江南岸，明月何时照我还？

枫桥[1]夜泊

［唐］张继

倾听细酌

根据《唐才子传》卷三记载，张继于“天宝十二年（753）礼部侍郎杨浚下及第”，也就是说考取了进士。天宝十四年（755）一月爆发了安史之乱，天宝十五年（756）六月，玄宗仓皇奔蜀。因为当时江南政局比较安定，所以不少文人纷纷逃到今江苏、浙江一带避乱，这其中也包括张继。一个秋天的夜晚，诗人泊舟苏州城外的枫桥，江南水乡秋夜幽美的景色，深深吸引着这位怀着旅愁的客子，使他领略到一种情味隽永的诗意美，于是写下了这首意境清远的诗。请扫描二维码，一起倾听这首千古佳作。

《枫桥夜泊》朗诵

品读指导

月落乌啼[2]霜满天[3]，江枫[4]渔火[5]对愁眠。
姑苏[6]城外寒山寺，夜半钟声到客船。

作者简介

张继（生卒年不详），字懿孙，湖北襄州（今湖北襄阳）人，唐代诗人，与刘长卿为同时代人。他的诗爽朗激越，不事雕琢，比兴幽深，事理双切，对后世颇有影响。但可惜流传下来的不到50首，其中最著名就是这首《枫桥夜泊》。

注释

① 枫桥：在今苏州市阊门外。

② 乌啼：乌鸦的啼叫。

③ 霜满天：形容天气极冷。

④ 江枫：一般解释作“江边枫树”。江指吴淞江，源自太湖，流经上海，汇入长江，俗称苏州河。

⑤ 渔火：通常解释是渔船上的灯火；也有说法指一同捕鱼的伙伴。

⑥ 姑苏：苏州的别称，因城西南有姑苏山而得名。

译文

月亮已落下，乌鸦啼叫，寒气满天，江上渔火映红枫树，愁绪搅我难眠。

姑苏城外那寂寞清静的寒山古寺，半夜里敲钟的声音传到了客船。

作品鉴赏

赏析

全诗短短四句，勾勒出一幅美妙而奇幻的图画，有声有色、有静有动，情景交融，使千古读者在不知不觉中如身临其境，体验到“愁”的情怀和感悟到世态人生。

第一句“月落乌啼霜满天”，写了午夜时分三种有密切关联的景象：月落、乌啼、霜满天。上弦月升起得早，半夜时便已沉落下去，整个天空只剩下一片灰蒙蒙的光影。树上的栖乌大约是因为月落前后光线明暗的变化，被惊醒后发出几声啼鸣；月落夜深，繁霜暗凝。在幽暗静谧的环境中，人对夜凉的感觉变得格外敏锐。“霜满天”的描写，并不符合自然景观的实际，但却完全切合诗人此时的感受，即深夜侵肌砭骨的寒意，从四面八方围涌向诗人夜泊的小舟，使他感到身外的茫茫夜气中正弥漫着满天霜华。此句，“月落”写所见，“乌啼”写所闻，“霜满天”写所感，层次分明地描绘出一个先后承接的时间过程和感觉过程。而这一切，又都和谐地统一于水乡秋夜的幽寂清冷氛围和羁旅者的孤孑清寥的感受之中。由此，我们也可以看出诗人运思的细密。

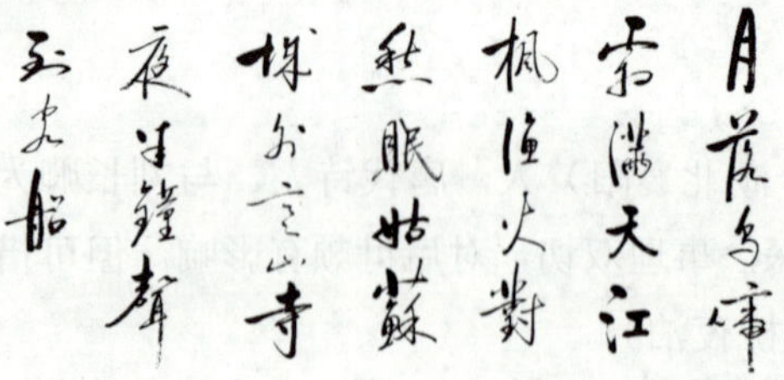

第二句“江枫渔火对愁眠”，深夜愁绪难眠，不知江上闪烁的渔火和岸上隐约的枫树是如何送我入眠。此句可谓是写“愁”的千古佳句。诗人是一位抱负远大的才子，其时已得进士功名，他还在愁什么呢？也许是忧国忧民？也许是怀才不遇？也许是仕途艰难？我们不得而知。“江枫”与“渔火”，一静一动，一暗一明，一江边，一江上，景物的配搭组合颇见用心。同时，“枫”和“火”与上句中的“霜”在色彩上形成强烈的对比，艺术地表现了诗人的两种心境。“对愁眠”的“对”字包含了“伴”的意蕴，表达了孤孑的旅人面对霜夜江枫渔火时萦绕的缕缕轻愁，同时又隐含着对旅途幽美风物的新鲜感受。

第三句“姑苏城外寒山寺”，诗人笔锋一转，写寒山寺。枫桥的诗意美，正是因为有了这所古刹，带上了历史文化的色泽，而显得更加丰富，引人遐想。

第四句“夜半钟声到客船”，半梦半醒之间有钟声飘进了客船，是不是为了涤荡我的愁绪。诗人用浓墨来表现“钟声”的原因不仅是因为悠扬清灵的钟声帮诗人从愁绪中解脱出来，更是因为那钟声唤起了诗人的诗情。“夜半钟声”不但衬托出了夜的静谧，也揭示了夜的清寥，同时诗人卧听钟声时的种种难以言传的感受也尽在不言中。三、四两句，看似平铺直叙，实则更具神韵。诗人完美地运用了诗歌动静结合的艺术手法，为后人创造了一个想亲临的意境。

学思践悟

全诗表达了诗人旅途中孤寂忧愁的思乡情感，使人领略到一种情味隽永的诗意美。

随学随练

枫桥夜泊

张继

月落乌啼霜满天，江

枫渔火对愁眠。姑苏城外

寒山寺，夜半钟声到客船。

宿建德江①

［唐］孟浩然

倾听细酌

这首诗是孟浩然的代表作之一，描写了清新的秋夜，突出表现了细微的景物特点。全诗淡而有味，含而不露，自然天成，是难得的佳作。请扫描二维码，倾听细酌。

《宿建德江》朗诵

品读指导

移舟②泊③烟渚④，日暮客⑤愁⑥新。
野旷⑦天低树⑧，江清月近人⑨。

注释

① 建德江：指新安江流经建德（今属浙江）西部的一段江水。
② 移舟：划动小船。
③ 泊：停船靠岸。
④ 烟渚（zhǔ）：指江中雾气笼罩的小沙洲。渚，水中小块陆地。
⑤ 客：指作者自己。
⑥ 愁：为思乡而忧思不堪。
⑦ 野旷：空阔的原野。
⑧ 天低树：天幕低垂，好像和树木相连。
⑨ 月近人：倒映在水中的月亮好像来靠近人。

译文

把船停泊在烟雾弥漫的沙洲旁，日暮时分新愁又涌上自己心头。
旷野中远处的天空比近处的树林还要低，江水清澈更觉月与人情投意合。

作品鉴赏

赏析

孟浩然作这首诗时，正逢他入长安谋官失败，乘船去洛阳游玩，路过了浙江建德江。

《宿建德江》赏析

这首诗通过描绘江景寄寓客愁乡思。诗人很自然地摄取适于表达旅途孤寂、飘泊之感的眼前景物，采用白描的手法，着墨轻淡地写来，却传达出了真切的情意。

诗人先描绘暮霭迷蒙的江边洲渚，指出夜宿建德江的时间、地点。接着，更具体地描写泊舟烟渚上所见的江天景色。先写远景，再写近景，层次分明。“野旷天低树，江清月近人”两句，是很精彩的景句。因为原野空旷，视野广阔，以致造成远天低于近树的错觉，因为江水清澈，月影浮荡在江中，人在船上，江月仿佛和人更接近了。这种只可意会不可言传的景致，诗人只以十个字，便细致、逼真地描绘出来了。没有敏锐的观察力和传神的白描表现力，就不可能把由于野旷和江清而引起的天与树、月与人的关系变化，描绘得那么准确、生动。

从借景抒情的角度看，诗人不只是一般地融情于景，而是把所要抒写的思乡之情，有层次地、逐层深入地通过景物揭示出来。旅客遇到秋天，最容易触动愁思，这是第一层，诗人没有正面表现这层“愁”，而是从“野旷”“江清”中透露了出来。在暮色苍茫中泊舟江渚，因为日暮而引出新愁，这是第二层。野旷造成天远的感觉，使旅人感到乡关万里，归程无期；又因为野旷，万籁俱寂，更使行客觉得旅途孤寂凄凉，这是第三层。由于江水清澈，益觉明月近人，见明月而倍加思念故乡，这是第四层。诗人由远及近地描写景色，却把自己的羁旅愁情由淡而浓、由浅入深地传达出来。

从章法结构来看，绝句要写得好，必须在结句收得住，创造出完整的意境，不能使人读后感到有始无终，所以一般人写绝句都是采用一起二承三转四合的章法，把转折点放在第三句。但这一首章法很特别，它以三、四两句作对结束，却把转折放在第二句末三字。诗人巧妙地借“客愁新”三字点出了题旨，犹如画龙点睛般点出了诗眼，三、四句只是以景烘衬这三个字。这样，到了对结的三、四句，诗的旨意都表达清楚、完整了。

随学随练

宿建德江

孟浩然

《宿建德江》书写欣赏

移舟泊烟渚，日暮客愁新。野旷天低树，江清月近人。

春 望

[唐] 杜甫

倾听细酌

民间疾苦，笔底波澜；世上创痍，诗中圣哲。

满眼河上，大地早非唐李有；一腔君国，草堂犹是杜陵春。

草堂留后世，诗圣著千秋。

……

《春望》朗诵

上述对联描写的正是“诗圣”杜甫。他的诗是时代的一面镜子，真实地反映了封建社会由盛而衰的苦难岁月，内容博大精深，风格沉郁顿挫。

唐肃宗至德二年（757）春，身处沦陷区的杜甫目睹了长安城一片萧条零落的景象，百感交集，便写下了这首传诵千古的名作——《春望》。请扫描二维码，倾听这首诗的朗诵。

品读指导

国破①山河在，城春草木深②。
感时③花溅泪④，恨别鸟惊心。
烽火⑤连三月⑥，家书抵⑦万金。
白头⑧搔更短，浑⑨欲不胜簪⑩。

作者简介

杜甫（712—770），字子美，自号少陵野老，河南巩县（今河南省巩义市）人，唐代伟大的现实主义诗人，与李白合称“李杜”。杜甫对中国古典诗歌的影响非常深远，被后人称为“诗圣”，他的诗被称为“诗史”。杜甫创作了《春望》《登高》《北征》“三吏”“三别”等名作。

注释

① 国破：指国都长安陷落。

② 草木深：指人烟稀少。

③ 感时：为国家的时局而感伤。

④ 溅泪：流泪。

⑤ 烽火：古时边防报警的烟火，这里指安史之乱的战火。

⑥ 三月：正月、二月、三月。

⑦ 抵：值，相当。

⑧ 白头：这里指白头发。

⑨ 浑：简直。

⑩ 不胜簪：因头发太少，簪子插不住。

译文

长安沦陷，国家破碎，只有山河依旧，春天来了，人烟稀少的长安城里草木茂密。
感于战败的时局，看到花开而潸然泪下，内心惆怅怨恨，听到鸟鸣而心惊胆战。
连绵的战火已经延续了三月多，家书难得，一封抵得上万两黄金。
愁绪缠绕，搔头思考，白发越搔越稀疏，简直要不能插簪了。

作品鉴赏

赏析

“国破山河在，城春草木深。”诗篇一开头描写了诗人所见，即山河依旧，可是国都已经沦陷，城池也在战火中残破不堪了，乱草丛生，林木荒芜。诗人记忆中昔日长安的春天是何等的繁华，鸟语花香，飞絮弥漫，烟柳明媚，游人迤逦，可是那种景象今日已经荡然无存了。一个“破”字使人触目惊心，继而一个“深”字又令人满目凄然。诗人写今日景物，实为抒发人去物非的历史感，将感情寄寓于物，借助景物反托情感，为全诗创造了一片荒凉凄惨的气氛。“国破”和“城春”两个截然相反的意象，同时存在并形成强烈的反差。“城春”当是花草树木繁盛茂密，烟景明丽的季节，可是由于“国破”而失去了春天的光彩，留下的只是颓垣残壁，只剩“草木深”。“草木深”三字意味深沉，表示长安城里已不再市容整洁、井然有序，而是荒芜破败，人烟稀少，草木杂生。这里，诗人睹物伤感，表现了强烈的黍离之悲。

“感时花溅泪，恨别鸟惊心。”花无情而有泪，鸟无恨而惊心，花鸟是因人而具有了怨恨之情。春天的花儿原本娇艳明媚，香气迷人；春天的鸟儿应该欢呼雀跃，唱着委婉悦耳的歌声，给人以愉悦。这两句中的“感时”“恨别”都浓聚着杜甫因时伤怀、苦闷沉痛的忧愁。诗人痛感国破家亡的苦恨，越是美好的景象，越会增添内心的伤痛。这联通过景物描写，借景生情，移情于物，表现了诗人忧伤国事，思念家人的深沉感情。

“烽火连三月，家书抵万金。”诗人想到：战火已经连续不断地进行了一个春天，仍然没有结束。唐玄宗被迫逃亡蜀地，唐肃宗刚刚继位，但是官军暂时还没有获得有利形势，至今还未能收复西京，看来这场战争还不知道要持续多久；又想起自己流落被俘，扣留在敌军营，好久没有妻子儿女的音信，他们生死未卜，也不知道怎么样了。在这种背景下，一句“家书抵万金”，饱含了多少辛酸、多少期盼，反映了诗人在消息隔绝、久盼音讯不至时的焦虑心情。

“白头搔更短，浑欲不胜簪。”烽火连月，家信不至，国愁家忧齐上心头，内忧外患纠缠难解。眼前一片惨戚景象，内心焦虑至极，搔首徘徊，意志踌躇，青丝变成白发。诗人自离家以来一直在战乱中奔波流浪，而又身陷于长安数月，头发更为稀疏，用手搔发，顿觉稀少短浅，简直连发簪也插不住了。诗人由国破家亡、战乱分离写到自己的衰老。“白发”是愁出来的，“搔”欲解愁而愁更愁。头发白了、疏了，从头发的变化，使读者深切感受到诗人内心的痛苦和愁怨，仿佛看到了诗人伤时忧国、思念家人的真切形象。

这首诗全篇情景交融，感情深沉，而又含蓄凝练，言简意赅，充分体现了杜甫的“沉郁顿挫”的艺术风格。全诗结构紧凑，由开篇描绘国都萧索的景色，到眼观春花而泪流，耳闻鸟鸣而怨恨；再写战事持续很久，以致家里音信全无，最后写到自己的哀怨和衰老，环环相生、层层递进，创造了一个引人共鸣、深思的境界；表现了在典型的时代背景下所生成的典型感受，反映了同时代的人们热爱国家、期待和平的美好愿望，也展示出诗人忧国忧民、感时伤怀的高尚情感。

随学随练

春望

杜甫

国破山河在，城春草

木深。感时花溅泪，恨别鸟

惊心。烽火连三月，家书抵万金。白头搔更短，浑欲不胜簪。

夜雨寄北①

[唐] 李商隐

倾听细酌

古代通讯极不方便，寄出一封信往往很长时间对方才能收到，甚至有一些信永远都寄不出或收不到，加上古人常常为谋取一官半职而离乡宦游，与家人聚少离多，因而很多人深受思乡羁旅之苦，李商隐便是其中一个。请扫描二维码，倾听歌曲，体会诗人的真挚情感。

品读指导

君②问归期③未有期，巴山④夜雨涨秋池⑤。
何当⑥共⑦剪西窗烛⑧，却话⑨巴山夜雨时。

作者简介

李商隐（约 813—858），字义山，号玉溪生，又号樊南生，原籍怀州河内（今河南沁阳）人，是晚唐最出色的诗人之一。他擅长诗歌写作，骈文也颇有成就，和杜牧合称“小李杜”，与温庭筠合称为“温李”。其诗构思新奇，风格艳丽，尤其是一些爱情诗写得缠绵悱恻，优美动人，广为传诵。

注释

① 寄北：写诗寄给北方的人。诗人当时在巴蜀（现在四川省），他的亲友在长安，所以说“寄北”。

② 君：对对方的尊称，等于现代汉语中的“您”。

③ 归期：指回家的日期。

④ 巴山：指缙云山，在陕西南部和四川东北交界处。这里泛指巴蜀一带。

⑤ 秋池：秋天的池塘。

⑥ 何当：什么时候。

⑦ 共：副词，用在谓语前，表示动作行为是由两个或几个施事者共同发生的。可译为“一起”。

⑧ 剪西窗烛：剪烛，剪去燃焦的烛芯，使灯光明亮。这里形容深夜秉烛长谈。

⑨ 却话：回头说。

译文

你问我回家的日子，我尚未定归期，今晚巴山下着大雨，雨水涨满秋池。

何时你我重新聚首，共剪西窗烛花，再告诉你今夜秋雨，我痛苦的情思。

作品鉴赏

赏析

这首诗首句点题，“君问归期未有期”，一问一答，先停顿，后转折，跌宕有致，极富表现力。其羁旅之愁与不得归之苦，已跃然纸上。诗前省去一大段内容，可以猜测，此前诗人已收到妻子的来信，信中盼望丈夫早日回归故里。诗人自然也希望能早日回家团聚，但因各种原因，愿望一时还不能实现。总的来说，首句流露出离别之苦，思念之切。

次句“巴山夜雨涨秋池”是告诉妻子自己身居的环境和心情。秋山夜雨，总是能唤起离人的愁思，诗人用这个寄人离思的景物表达了对妻子的无限思念，仿佛使人想象到一幅画面——在一个秋天秋雨缠绵的夜晚，池塘涨满了水，诗人独自在屋内倚床凝思，想着此时此刻妻子在家中的生活和心境，回忆他们从前在一起的共同生活，咀嚼着自己的孤独。

三、四句“何当共剪西窗烛，却话巴山夜雨时”，这是对未来团聚时的幸福想象。诗人心中满腹的寂寞思念，只有寄托在将来。那时诗人已返回故乡，同妻子在西屋的窗下窃窃私语，情深意长，彻夜不眠，以致蜡烛结出了蕊花。他们剪去蕊花，仍有叙不完的离情，言不尽重逢后的喜悦。

这首诗既描写了今日身处巴山倾听秋雨时的寂寥之苦，又想象了来日聚首之时的幸福欢乐。此外，全诗语言朴素、流畅，情真意切。“巴山夜雨”四个字首末重复出现，令人荡气回肠。同时，“何当”紧扣“未有期”，有力地表现了作者思归的急切心情。

随学随练

夜雨寄北

李商隐

《夜雨寄北》书法欣赏

君问归期未有期，巴山夜雨涨秋池。何当共剪西窗烛，却话巴山夜雨时。

拓展阅读

望月怀远

［唐］张九龄

海上生明月，天涯共此时。
情人怨遥夜，竟夕起相思。
灭烛怜光满，披衣觉露滋。
不堪盈手赠，还寝梦佳期。

春夜洛城闻笛

［唐］李白

谁家玉笛暗飞声，散入春风满洛城。
此夜曲中闻折柳，何人不起故园情。

静夜思

［唐］李白

床前明月光，疑是地上霜。
举头望明月，低头思故乡。

除夜作

［唐］高适

旅馆寒灯独不眠，客心何事转凄然？
故乡今夜思千里，霜鬓明朝又一年。

月夜忆舍弟

［唐］杜甫

戍鼓断人行，秋边一雁声。
露从今夜白，月是故乡明。

有弟皆分散，无家问死生。
寄书长不达，况乃未休兵。

题都城南庄

［唐］崔护

去年今日此门中，人面桃花相映红。
人面不知何处去，桃花依旧笑春风。

归　家

［唐］杜牧

稚子牵衣问，归来何太迟？
共谁争岁月，赢得鬓边丝？

商山早行

［唐］温庭筠

晨起动征铎，客行悲故乡。
鸡声茅店月，人迹板桥霜。
槲叶落山路，枳花明驿墙。
因思杜陵梦，凫雁满回塘。

赠友送别篇

探渊索珠——悲欢合散

古代交通不便，有时一朝作别，再难相见，所以离别就变成了一个很重要的时刻。为了凸显这一时刻的重要性，古人会设宴饯行，举酒相祝，同时，还会写诗相赠。因此，催生出众多流传千古的送别诗。

几乎在所有的赠别诗里，诗人都借离别时的景色表达了留恋、安慰、嘱咐、祝愿、伤感、惆怅、期待等情感。例如，刘长卿的“苍苍竹林寺，杳杳钟声晚。荷笠带夕阳，青山独归远”。（《送灵澈上人》）这首诗写的是诗人送灵澈上人返回竹林寺的情景，全诗虽不长，却句句如画。全诗纯为写景，字面上找不出一个情字，但我们却能从这幅美妙的景物画中感受到诗人的深情厚意。又如，李白的“我有万古宅，嵩阳玉女峰。长留一片月，挂在东溪松。尔去掇仙草，菖蒲花紫茸。岁晚或相访，青天骑白龙”。（《送杨山人归嵩山》）诗人从头至尾不写离愁别恨，而是通过色彩鲜明的自然景物和生活场景，把送别之意、惜别之情表达出来，其构思新奇，如镜花水月，亦真亦幻，令人赞叹。

此外，也有不少诗人借助赠别诗来抒发自己内心的情怀。例如，李白的《宣州谢朓楼饯别校书叔云》，此诗虽是送别诗，可诗人却没直言离别，而是抒发自己怀才不遇的激烈愤懑，灌注了慷慨豪迈的情怀，表达了对黑暗社会的强烈不满和对光明世界的执着追求。又如，王维的《春夜竹亭赠钱少府归蓝田》，诗人通过赞赏钱少府退而归隐之举，表达了自己渴望归隐之意，韵味悠远。

正所谓“桃李春风一杯酒，江湖夜雨十年灯”。多情自古伤离别，聚散离合总是情。天下没有不散的筵席，世上也没有不散的朋友！也许正是因为有了分别，相聚才更加可贵。

本篇将详细讲述王勃的《送杜少府之任蜀州》、王昌龄的《芙蓉楼送辛渐（其一）》、李白的《黄鹤楼送孟浩然之广陵》《赠汪伦》《闻王昌龄左迁龙标遥有此寄》、王维的《送元二使安西》、高适的《别董大》这七首诗，让我们跟随诗句，回到分别时的场景，体会诗人心中的不舍情谊。

送杜少府[①]之任蜀州

[唐] 王勃

倾听细酌

王勃用“海内存知己，天涯若比邻”来安慰即将远任的朋友，告诉他不要伤心，我们的心时时刻刻都在一起。一句“海内存知己，天涯若比邻”一洗往昔送别诗中的悲苦缠绵之态，体现了诗人高远的志向、豁达的情怀。请扫描二维码，倾听朗诵，感受这气象豁达、志趣高远的诗句。

《送杜少府之任蜀州》朗诵

品读指导

城阙[②]辅[③]三秦[④]，风烟望五津[⑤]。
与君[⑥]离别意，同是宦[⑦]游人。
海内[⑧]存知己，天涯[⑨]若比邻[⑩]。
无为[⑪]在歧[⑫]路，儿女共沾巾[⑬]。

作者简介

王勃（约 650—676），初唐诗人，字子安，绛州龙门（今山西河津）人。他与杨炯、卢照邻、骆宾王齐名，世称“初唐四杰”，王勃为其首。王勃在诗歌体裁上擅长五律和五绝，其诗既壮阔明朗又不失慷慨激越。

注释

① 少府：官名。

② 城阙（què）：即城楼，指唐代京师长安城。

③ 辅：护卫。

④ 三秦：指长安城附近的关中之地，即今陕西省潼关以西一带。秦朝末年，项羽破秦，把关中分为三区，分别封给三个秦国的降将，所以称三秦。

⑤ 五津：指岷江的五个渡口白华津、万里津、江首津、涉头津、江南津。这里泛指蜀州。

⑥ 君：对人的尊称，相当于“您”。

⑦ 宦（huàn）游：出外做官。

⑧ 海内：四海之内，即全国各地。古代人认为我国疆土四周环海，所以称天下为四海之内。

⑨ 天涯：天边，这里比喻极远的地方。

⑩ 比邻：并邻，近邻。

⑪ 无为：无须、不必。

⑫ 歧（qí）路：岔路。古人送行常在大路分岔口告别。

⑬ 沾巾：泪水沾湿衣服和腰带。这里意思是挥泪告别。

译文

巍巍长安，雄踞三秦之地；渺渺四川，却在迢迢远方。

你我命运何等相仿，奔波仕途，远离家乡。

只要有知心朋友，四海之内不觉遥远，即便在天涯海角，也感觉像近邻一样。

岔道分手，实在不用儿女情长，泪洒衣裳。

作品鉴赏

赏析

此诗是送别诗的名作。首联“城阙辅三秦，风烟望五津”，写送别之地长安被辽阔的三秦地区所“辅”，突出了雄浑阔大的气势。第二句点出友人“之任”的处所——风烟迷蒙的蜀地。这里诗人巧用一个“望”字，将秦蜀二地联系起来，好似诗人站在三秦护卫下的长安，遥望千里之外的蜀地，暗喻了惜别之情意。同时，“望”字不仅拓宽了诗的意境，使读者的视野一下子铺开，而且在心理上拉近了两地的距离，使人感觉到既然“五津”可望，那就不必为离别而忧伤。这一开笔创造出雄浑壮阔的气象，使人有一种天地辽阔、意境高远的感受，为全诗锁定了豪壮的感情基调。

颔联“与君离别意，同是宦游人”，诗人劝慰友人：我和你都是远离故土、宦游他乡的人，离别乃常事，何必悲伤呢？此次友人孤身前往蜀地，远走天涯，举目无亲，更觉惆怅，作者在这里用两人处境相同、感情一致来宽慰朋友，以减轻他的悲凉和孤独之感。惜别之中显现诗人阔大的胸襟。

颈联“海内存知己，天涯若比邻”，这句把前面淡淡的伤离情绪一笔荡开。诗人设想别后：只要我们声息相通，即使远隔天涯，也犹如近在咫尺。这一句凸显出与一般送别诗不同的情调，且含义也极为深刻，既表现了诗人乐观宽广的胸襟和对友人的真挚情谊，也道出了诚挚的友谊可以超越时空界限的哲理，给人以莫大的安慰和鼓舞，因而成为脍炙人口的千古名句。

尾联“无为在歧路，儿女共沾巾”，慰勉友人不要像青年男女一样，为离别泪湿衣巾，而要心胸豁达，坦然面对，足见情深意长。

全诗朴素无华，没有堆砌辞藻和过多的典故，只是用质朴的语言，抒写壮阔的胸襟。诗歌在质朴之中又有警策，在豪语中又包含着对友人的体贴，但行文并不是一览无余，更不会让人觉得索然寡味。诗人的目的是劝慰朋友不要过于感伤，但并未直言规劝，而是先通过环境描写衬托惜别的心情，表示自己是和他一样的宦游人，因而最能理解他那种离开亲友远出求仕的心情；接下去又说，山高水远并不能阻隔知己精神上和感情上的沟通，“海内存知己，天涯若比邻”，遂成为全篇警策；直到最后才劝他不要在分手的时候过于悲伤。这样委婉的劝慰，杜少府一定会倍感亲切，他那点缠绵悱恻的感情也一定可以排解了。

随学随练

送杜少府之任蜀州

王勃

城阙辅三秦，风烟望五津。与君离别意，同是宦游人。海内存知己，天涯若比邻。无为在歧路，儿女共沾巾。

芙蓉楼[1]送辛渐（其一）

［唐］王昌龄

倾听细酌

这首诗大约作于开元二十九年（741）以后。辛渐是王昌龄的朋友，拟由润州渡江，取道扬州，北上洛阳。王昌龄可能陪他从江宁到润州，然后在此分手。这诗原题共两首，一首写的是头一天晚上诗人在芙蓉楼为辛渐饯别时的场景，这一首写的是早晨在江边离别的情景。请扫描二维码，仔细倾听朗诵，感受王昌龄所写的这首送别诗。

《芙蓉楼送辛渐（其一）》朗诵

品读指导

寒雨②连江③夜入吴④，平明⑤送客楚山⑥孤。
洛阳亲友如相问，一片冰心⑦在玉壶⑧。

作者简介

王昌龄（约 698—756），字少伯，河东晋阳（今山西太原）人，盛唐著名边塞诗人。他早年贫贱，主要依靠农耕维持生活，年近不惑，始中进士。安史之乱时，为刺史闾丘所杀。其诗以七绝见长，尤以登第之前赴西北边塞所作边塞诗最著，有“诗家夫子王江宁”之誉。代表作有《从军行七首》《出塞》等。

注释

① 芙蓉楼：原名西北楼，在润州（今江苏省镇江市）西北。

② 寒雨：秋冬时节的冷雨。

③ 连江：雨水与江面连成一片，形容雨很大。

④ 吴：古代国名，这里泛指今江苏南部、浙江北部一带。江苏镇江一带为三国时吴国所属。

⑤ 平明：天大亮的时候。

⑥ 楚山：楚地的山。这里的楚也指镇江市一带，因为古代吴、楚先后统治过这里，所以吴、楚可以通称。

⑦ 冰心：比喻纯洁的心。

⑧ 玉壶：专指自然无为虚无之心。

译文

迷蒙的烟雨，连夜洒遍吴地江天，清晨送走好友后，孤对楚山离愁无限。

朋友啊，洛阳亲友若是问起我来，就请转告他们，我的心依然像玉壶里的冰一样纯洁，未受功名利禄等世情的玷污。

作品鉴赏

赏析

诗的前两句用苍茫的江雨和孤峙的楚山，烘托送别时的孤寂之情；后两句自比冰壶，表达自己的开朗胸怀和坚强性格。全诗即景生情，寓情于景，含蓄蕴藉，韵味无穷。

诗的首句“寒雨连江夜入吴”十分生动地写出了雨夜之时的情景，同时也用这连绵的阴雨衬托了心中离别时的黯淡之情，这份愁意也同时笼罩了即将离别的友人。在这里，王昌龄并没有用细腻的笔法来写这阴雨连绵的场景，而是采用了豪放的笔法，将这夜雨连江笼罩吴地写得颇有几分壮阔之势。第二句“平明送客楚山孤”，诗人将离别情倾注在苍茫的楚山之上。因为友人回到洛阳，即可与亲人相聚，而留在吴地的诗人，却只能像孤零零的楚山一样，伫立在江畔空望着逝去的江水。诗句表达了对友人的不舍，和对自己孤单处境的感慨。

诗的最后两句“洛阳亲友如相问，一片冰心在玉壶”，诗人从清澈无瑕、澄空见底的玉壶中捧出一颗晶亮纯洁的冰心以告慰友人，这就比任何相思的言辞都更能表达他对洛阳亲友的深情。

随学随练

芙蓉楼送辛渐（其一）

王昌龄

《芙蓉楼送辛渐（其一）》书法欣赏

寒雨连江夜入吴，平明送客楚山孤。洛阳亲友如相问，一片冰心在玉壶。

黄鹤楼送孟浩然之[①]广陵

［唐］李白

倾听细酌

《黄鹤楼送孟浩然之广陵》朗诵

有人说，朋友是冬日里温暖的火炉，是疲惫时可以依靠的肩膀，是一口可以给你甘甜的深井。有了朋友，我们人生路上的步伐更加坚定；有了朋友，我们生命中的某些时刻显得更加刻骨铭心。李白和孟浩然，都是唐代著名的诗人，他们都热爱自由，潇洒飘逸；他们互相赞赏，惺惺相惜；他们才华横溢，诗才出众。他们是志同道合、无话不谈的好朋友。可惜，月有阴晴圆缺，人有悲欢离合，这首诗就是李白写给孟浩然的送别诗。请扫描二维码，倾听朗诵，一起重温这对好朋友分别时的心境。

品读指导

故人[②]西辞[③]黄鹤楼，烟花[④]三月下[⑤]扬州。
孤帆远影碧空尽[⑥]，唯见[⑦]长江天际流[⑧]。

注释

① 之：往、到达。

② 故人：老朋友，这里指孟浩然。其年龄比李白大，李白对他很敬佩，彼此感情深厚，因此称之为“故人”。

③ 辞：辞别。

④ 烟花：指艳丽的春景。

⑤ 下：顺流向下而行。

⑥ 碧空尽：消失在碧蓝的天际。

⑦ 唯见：只看见。

⑧ 天际流：流向天边。天际，天边的尽头。

译文

老朋友在黄鹤楼与我辞别，在这柳絮如烟、繁花似锦的阳春三月去扬州远游。

友人的孤船帆影渐渐地远去，消失在碧空的尽头，只看见一线长江，向邈远的天际奔流。

作品鉴赏

赏析

李白与孟浩然的交往，是在他刚出四川不久，正当年轻快意的时候，他眼里的世界，是像黄金一般美好。比李白大十多岁的孟浩然，这时已经诗名满天下。他给李白的印象是陶醉在山水之间，自由而愉快，所以李白在《赠孟浩然》诗中说："吾爱孟夫子，风流天下闻。红颜弃轩冕，白首卧松云。"这次离别正是开元盛世，太平而又繁荣，季节是烟花三月、春意最浓的时候，从黄鹤楼顺着长江而下，这一路都是繁花似锦。李白是一个浪漫、爱好游览的人，所以这次离别完全是在很浓郁的畅想曲和抒情诗的气氛里进行的。当时李白心里没有什么忧伤和不愉快，认为孟浩然这趟旅行也应该是快乐的，他向往扬州地区，又向往孟浩然，所以一边送别，一边心也就跟着飞翔，胸中有无穷的诗意随着江水荡漾。

"故人西辞黄鹤楼"，这一句不光是为了点题，更因为黄鹤楼是天下名胜，也可能是两位诗人经常流连聚会之所。因此，一提到黄鹤楼，就带出种种与此处有关的富于诗意的生活内容。而黄鹤楼本身，传说是仙人飞升的地方，这和李白心中这次孟浩然愉快地去扬州，又构成一种联想，进而增加了愉快的、畅想曲的气氛。

"烟花三月下扬州"，在"三月"前加上"烟花"二字，就又把送别环境中的气氛涂抹得更尤为浓郁。烟花，指烟雾迷蒙，繁花似锦。此句意境优美，文字绮丽，被清人孙洙誉为"千古丽句"。

"孤帆远影碧空尽"，这句看起来似乎是写景，实则是说，李白一直把朋友送上船，船已经扬帆而去了，而他还在江边目送远去的风帆。李白的目光望着帆影，一直看到帆影逐渐模糊，消失在碧空的尽头，可见目送时间之长。帆影已经消失了，而李白还在翘首凝望，这才注意到一江春水在浩浩荡荡地流向远远的水天交接之处。

"唯见长江天际流"，这一句不单纯是写景，也是李白对朋友的一片深情和自己的向往。即诗人的心潮起伏，正像滚滚东去的一江春水。

随学随练

黄鹤楼送孟浩然之广陵

李白

故人西辞黄鹤楼，烟花三月下扬州。孤帆远影碧空尽，唯见长江天际流。

赠汪伦[1]

[唐] 李白

倾听细酌

李白一生既喜欢作诗，也喜欢喝酒与游历名山大川。汪伦曾做过泾县县令，非常仰慕他的才华，很想与他结为朋友。于是，他写了一封信托人带给李白，上面写道："先生好游乎？此处有十里桃花；先生好饮乎？此处有万家酒店。"李白一看，呀！这么好的地方，我得去看看。可是到了那里，既不见十里桃花，也不见万家酒店，李白疑惑不解。汪伦解释说："桃花者，十里外潭水名也，并无十里桃花。万家者，开酒店的人姓万，并非有万家酒店。"李白恍然大悟，他不但没有生气，反而被汪伦的幽默与风趣逗得哈哈大笑起来，两人一见如故。短短几天的相处，两人就结下了深厚的友谊。这一天，李白要走了，正当船缓缓开动的时候，汪伦带着村民来到岸边，他们踏歌起舞，为李白送行，李白深受感动，觉得这才是最真挚的友情，于是便写下这首千古名诗——《赠汪伦》。请扫描二维码倾听这首饱含真挚情感的古诗。

《赠汪伦》朗诵

品读指导

李白乘舟将欲行[2]，忽闻岸上踏歌[3]声。
桃花潭[4]水深千尺[5]，不及[6]汪伦送我情。

注释

① 汪伦：李白的朋友。

② 将欲行：将要远行。

③ 踏歌：汉代的一种歌舞形式，拉手而歌，以脚踏地为节拍。这里指边走边唱。

④ 桃花潭：在今安徽泾县西南一百里。

⑤ 深千尺：这里诗人运用了夸张的手法，即用潭水深千尺比喻汪伦与他的友情。

⑥ 不及：不如。

译文

李白乘舟将要远行离去，忽听岸上传来踏歌之声。
即使桃花潭水深至千尺，也比不上汪伦送我之情。

作品鉴赏

赏析

桃花潭镇——唐风诗韵话情义

此诗是李白于泾县（今安徽皖南地区）游历桃花潭时写给当地好友汪伦的一首留别诗。

诗的前两句描写的是送别的场面。“李白乘舟将欲行”是说诗人就要乘船离开桃花潭了，语言简洁，平白直叙，表现出乘兴而来、兴尽而返的潇洒神态。

“忽闻岸上踏歌声”，“忽闻”二字表明汪伦的到来，确实是不期而至的。人未到而声先闻，听到那热情爽朗的歌声，李白就料到一定是汪伦赶来送行了。这样的送别，侧面表现出李白和汪伦都是不拘俗礼、快乐自由的人。

“桃花潭水深千尺，不及汪伦送我情”，这两句是抒情。第三句遥接起句，进一步说明坐船地点在桃花潭。“深千尺”既描绘了潭的特点，又为结句做了伏笔。桃花潭水是那样的深，汪伦的情谊那样的深，将水深、情深自然地联系起来。结句迸出“不及汪伦送我情”，以比物手法形象性地表达了真挚纯洁的深情。潭水已“深千尺”，那么汪伦送李白的情谊得有多深呢？耐人寻味。清沈德潜很欣赏这一句，他说：“若说汪伦之情比于潭水千尺，便是凡语。妙境只在一转换间。”（《唐诗别裁》）显然，妙就妙在“不及”二字，好就好在不用比喻而采用比物手法，变无形的情谊为生动的形象，空灵而有余味，自然而又情真。

同时，诗人用“桃花潭水深千尺”作比，实则把抽象的感情具体化了，令人感到形象可感，增加了诗的亲切感。另外，诗句通俗易懂、清新活泼而富于民歌色彩，广泛流传。宋代杨齐贤在《李太白文集》注中介绍说：到宋时，汪伦的子孙还珍重地保存着这首赠诗。由此可知此诗对汪伦来说非常珍贵。

知识链接

中国传统诗歌主张含蓄蕴藉。宋代诗论家严羽提出作诗四忌：“语忌直，意忌浅。脉忌露，味忌短。”清人施补华也说诗“忌直贵曲”。然而，《赠汪伦》这首诗的表现特点是：坦率，直露，缺少含蓄。其“语直”，其“脉露”，而“意”不浅，味更浓。此外，古人写诗，一般忌讳在诗中直呼姓名，以为无味。而《赠汪伦》从诗人直呼自己的姓名开始，又以称呼对方的名字作结，反而显得真率，亲切而洒脱，很有情味。

随学随练

赠汪伦

李白

《赠汪伦》书写欣赏

李白乘舟将欲行，忽闻岸上踏歌声。桃花潭水深千尺，不及汪伦送我情。

闻王昌龄左迁[1]龙标遥有此寄

[唐] 李白

倾听细酌

《新唐书·文艺传》上记载王昌龄左迁龙标尉，是因为“不护细行”，也就是说，他被贬官，并不是由于什么重大问题，而只是因为生活小节不够检点。李白在听到他的不幸遭遇以后，写了这一首充满同情和关切的诗篇，从远道寄给他。请扫描二维码倾听本诗的朗诵。

《闻王昌龄左迁龙标遥有此寄》朗诵

品读指导

杨花[2]落尽子规[3]啼，闻道龙标过五溪[4]。

我寄愁心与明月，随风直到夜郎[5]西。（“随风”一作“随君”）

注释

① 左迁：贬谪，降职。古人尊右卑左，因此把降职称为左迁。

② 杨花：柳絮。

③ 子规：即杜鹃鸟，又称布谷鸟，相传其啼声哀婉凄切。

④ 五溪：一说是辰溪、酉溪、巫溪、武溪、沅溪的总称，在今贵州东部湖南西部。关于五溪所指，尚有争议。

⑤ 夜郎：汉代中国西南地区少数民族曾在今贵州西部、北部和云南东北部及四川南部部分地区建立过政权，称为夜郎。唐代在今贵州桐梓和湖南沅陵等地设过夜郎县。这里指湖南的夜郎。

译文

在杨花落完、杜鹃鸟啼鸣之时，我听说您被贬为龙标尉，要经过五溪。

我把我忧愁的心思寄托给明月，希望能随着风一直陪着你到夜郎以西。

作品鉴赏

赏析

这首诗虽只有短短四句，但感情的分量却相当沉重。

诗的开头“杨花落尽子规啼”，诗人择取两种富有地方特征的事物（杨花与子规）描绘出南国的暮春景象，烘托出一种哀伤愁恻的气氛。杨花即柳絮。子规是杜鹃鸟的别名，相传这种鸟是蜀帝杜宇的精魂所化，鸣声异常凄切动人。“闻道龙标过五溪”，这里的“龙标”是指王昌龄，以官名作为称呼是唐以来文人中的一种风气。五溪为湘黔交界处的辰溪、西溪、巫溪、武溪、沅溪。在唐代，这一带还被看做荒僻边远的不毛之地。这起首二句看似平淡，实际却包含着比较丰富的内容，起到多方面的作用，既交代了时令，也烘托了气氛；既点明主题，又为下两句抒情做好了铺垫。

“我寄愁心与明月，随风直到夜郎西”这两句紧承上文，集中抒写了诗人此时的情怀。这里所谓“夜郎”并不是指汉代的夜郎国，而是指隋代的夜郎县，其地在今湖南辰溪一带；而龙标恰恰在辰溪以西，所以才有“直到夜郎西”的说法。句中“愁心”两字蕴藏着丰富内容，值得细细品味。诗人为什么满怀愁思呢？不妨说，这里既有对老友遭遇的深切同情，也有对现实的愤慨不平；有恳切的思念，也有热诚的关怀。王昌龄贬官前为江宁丞，去龙标是由江宁溯江而上，而远在他地的诗人自然无法与老友当面话别，只好把一片深情托付给千里明月，向老友遥致思念之忱了。

借明月以抒发思念家乡、怀念朋友的感情，这种联想和表现手法在很多诗作中不止一次地出现过。例如，鲍照的“三五二八时，千里与君同”（《玩月城西门廨中》）；汤惠休的“明月照高楼，含君千里光”（《怨诗行》；南朝乐府诗中也有“仰头看明月，寄情千里光”之句。李诗可以说是青出于蓝而胜于蓝。前代诗人还只是在看到明月之后联想到异地的亲友或进而想托明月寄去自己的一片深情，而李白在这里不仅要托月寄情，而且还要让明月作为自己的替身，伴随着不幸的友人一直去到夜郎以西的边远荒凉地。

学思践悟

本篇以想象的驰骋和构思的别致在同类诗篇中独具一格。诗人匠心之独运、技巧之娴熟，于此也可窥见一斑，真切而生动地传达出作者对朋友的一片赤诚，使人回味无穷。

随学随练

闻王昌龄左迁龙标遥有此寄

李白

杨花落尽子规啼，闻道龙标过五溪。我寄愁心与明月，随风直到夜郎西。

《闻王昌龄左迁龙标遥有此寄》书写示范

送元二使安西

［唐］王维

倾听细酌

老友即将远行，赴满地黄沙的边疆绝域。此时一别，不知何日才能再见，千言万语无从说起，说出口的只有一句：喝下这杯离别的酒吧！依依惜别之情、所有的关怀与祝福早已融进了这一杯酒中。请扫描二维码，跟随歌曲，一起回到临行送别时的那一刻。

品读指导

渭城①朝雨②浥③轻尘，客舍④青青柳色新。
劝君更尽⑤一杯酒，西出阳关⑥无故人⑦。

注释

① 渭城：在今陕西省西安市西北。即秦代咸阳古城。
② 朝雨：早晨下的雨。
③ 浥（yì）：润湿。
④ 客舍：驿馆，旅馆。
⑤ 更尽：再喝干，再喝完。
⑥ 阳关：在今甘肃省敦煌西南，为古代通西域的要道。
⑦ 故人：老朋友。

译文

渭城早晨一场春雨沾湿了轻尘，驿馆周围柳树的枝叶翠嫩一新。
老朋友请你再干一杯美酒，向西出了阳关就难以遇到故旧亲人。

作品鉴赏

赏析

这首诗所描写的是一场非常普遍的离别。它没有特殊的背景，也没有其他寓意，只有至深的惜别之情，所以，它适合在大多数别筵离席上颂唱，后来被纳入乐府，成为流行、久唱不衰的歌曲。

“渭城朝雨浥轻尘，客色青青柳色新”，诗的前两句明写春景，暗寓离别，生动形象地写出了诗人对将要去荒凉之地的友人元二的深深依恋和牵挂。其中不仅“柳”与“留”谐音，是离别的象征，“轻尘”“客舍”也都暗示了旅行的目的，巧妙地点出了送别的时间、地点和环境。

“劝君更尽一杯酒，西出阳关无故人”，后两句点明了主题是以酒饯别，诗人借分手时的劝酒，表达对友人深厚的情意。友人此行要去的安西，在今天的新疆库车县境，同时代的王之涣说“春风不度玉门关”，何况安西在玉门之外，其荒凉遥远可想而知。因此，这临行之际“劝君更尽一杯酒”，这杯酒是一杯浸透了诗人全部丰富深挚情谊的感情琼浆。这里面，不仅有依依惜别的情谊，而且包含着对远行者处境、心情的深情体贴，包含着前路珍重的殷勤祝愿。对于送行者来说，劝对方“更尽一杯酒”，不只是让朋友多带走自己的一分情谊，而且有意无意地延宕分手的时间，好让对方再多留一刻。同时，临别依依，要说的话很多，但千头万绪，一时竟不知从何说起。这种场合，往往会出现无言相对的沉默，而“劝君更尽一杯酒”，就是不自觉地打破这种沉默的方式，也是表达此刻丰富复杂感情的方式。总之，三四两句所剪取的虽然只是一刹那的情景，却蕴含着极其丰富的含义。

随学随练

送元二使安西

王维

渭城朝雨浥轻尘，客舍青青柳色新。劝君更尽一杯酒，西出阳关无故人。

别董大[1]

［唐］高适

倾听细酌

高适写此诗时，正处于四处漂泊、仕途不达、贫困交加的境遇中。而好友董大受到朝廷的冷落，失意之时，愤而离开了京城。高适就是在这样的情境下为他送别，作了此诗。请扫描二维码，跟随朗诵一起感受下当时的送别情景。

《别董大》朗诵

品读指导

千里黄云[2]白日曛，北风吹雁雪纷纷。
莫愁前路无知己，天下谁人不识君[3]。

作者简介

高适（701—765），字达夫、仲武，渤海蓨（今河北景县）人，唐代著名的边塞诗人。高适年少时孤贫，爱结交朋友，有游侠之风，并以建功立业自期。开元二十年（732）高适去蓟北，体验边塞生活，后漫游梁、宋（今河南开封、商丘）。天宝三载（744），与李白、杜甫、岑参同游梁园（今河南商丘），结下亲密友谊，成为文坛佳话。

高适现有《高常侍集》等传世，其诗笔力雄健，气势奔放，洋溢着盛唐时期所特有的奋发进取、蓬勃向上的时代精神。

注释

① 董大：指董庭兰，是当时有名的音乐家。其在兄弟中排名第一，故称“董大”。

② 黄云：天上的乌云，在阳光下，乌云是暗黄色，所以叫黄云。

③ 君：你，这里指董大。

译文

黄昏的落日使千里浮云变得暗黄，北风劲吹，大雪纷纷，雁儿南飞。

不要担心前方的路上没有知己，普天之下还有谁不知道您呢？

作品鉴赏

赏析

这是一首送别诗，送别的对象是当时著名的琴师董庭兰。此时的高适不得志，到处游荡，常处于贫贱的境遇之中。但在这首送别诗中，高适却以开朗的胸襟，豪迈的语调把临别赠言说得激昂慷慨，鼓舞人心。

《别董大》赏析

前两句“千里黄云白日曛，北风吹雁雪纷纷”，用白描手法写眼前之景：北风呼啸，黄沙千里，遮天蔽日，到处都是灰蒙蒙的一片，云也变得暗黄，本来璀璨耀眼的阳光现在也黯然失色，如同落日余晖一般。大雪纷纷扬扬地飘落，群雁排着整齐的队形向南飞去。诗人在这荒寒壮阔的环境中，送别这位身怀绝技却又无人赏识的音乐家。在这里，诗人以其内心之真，写别离心绪，故能深挚；以胸襟之阔，叙眼前景色，故能悲壮。头两句以叙景而见内心之郁积，虽不涉人事，已使人如置身风雪之中。同时，此处若不用尽力气，则不能见下文转折之妙。后两句于慰藉之中充满信心和力量。因为是知音，说话才朴质而豪爽。又因其沦落，才以希望为慰藉。

后两句“莫愁前路无知己，天下谁人不识君”，是对朋友的劝慰，即此去你不要担心遇不到知己，天下有谁不知道你董庭兰啊！话说得多么响亮，多么有力，于慰藉中充满着信心和力量，激励朋友抖擞精神去奋斗、去拼搏。

在唐人赠别诗篇中，那些凄清缠绵、低回流连的作品，固然感人至深，但另外一种慷慨悲歌、出自肺腑的诗作，更以它的真诚情谊、坚强信念，渲染出另一种豪放健美的色彩。高适的《别董大》便是后一种风格的佳篇。

学思践悟

这首诗虽写送别却没有伤感之情，而是对朋友充满鼓励和赏识，让朋友在离别时信心倍增，踌躇满志。可谓是一样的送别，不一样的情怀。

随学随练

别董大

高适

《别董大》书写欣赏

千里黄云白日曛，北风吹雁雪纷纷。莫愁前路无知己，天下谁人不识君。

拓展阅读

山中送别

[唐] 王维

山中相送罢，日暮掩柴扉。
春草明年绿，王孙归不归？

宣州谢朓楼饯别校书叔云

[唐] 李白

弃我去者，昨日之日不可留；
乱我心者，今日之日多烦忧。
长风万里送秋雁，对此可以酣高楼。
蓬莱文章建安骨，中间小谢又清发。
俱怀逸兴壮思飞，欲上青天览明月。
抽刀断水水更流，举杯消愁愁更愁。
人生在世不称意，明朝散发弄扁舟。

渡荆门送别

[唐] 李白

渡远荆门外，来从楚国游。
山随平野尽，江入大荒流。
月下飞天镜，云生结海楼。
仍怜故乡水，万里送行舟。

饯别王十一南游

[唐] 刘长卿

望君烟水阔，挥手泪沾巾。
飞鸟没何处，青山空向人。
长江一帆远，落日五湖春。
谁见汀洲上，相思愁白苹。

赋得暮雨送李曹

[唐] 韦应物

楚江微雨里，建业暮钟时。
漠漠帆来重，冥冥鸟去迟。
海门深不见，浦树远含滋。
相送情无限，沾襟比散丝。

临江仙·送钱穆父

[北宋] 苏轼

一别都门三改火，天涯踏尽红尘。依然一笑作春温。无波真古井，有节是秋筠。
惆怅孤帆连夜发，送行淡月微云。尊前不用翠眉颦。人生如逆旅，我亦是行人。

鹧鸪天·送人

[南宋] 辛弃疾

唱彻《阳关》泪未干，功名馀事且加餐。浮天水送无穷树，带雨云埋一半山。
今古恨，几千般，只应离合是悲欢？江头未是风波恶，别有人间行路难！

爱情悼亡篇

探渊索珠——悲欢合散

在人类文明史上，爱情是一个永恒的话题，也是诗人最偏爱的题材之一。我国古代有关爱情的诗篇更是浩若繁星，蔚为大观。爱情诗歌最早可追溯到先秦时期的诗歌总集《诗经》，汉朝长诗《孔雀东南飞》。这一时期的爱情诗清纯而大胆、直率而坦诚；到了魏晋南北朝时期，这一时期的爱情诗以“钟情”为特征，正所谓“情之所钟，正在我辈”，构成了魏晋风度的重要内容；到了唐宋时期，爱情诗无论是在数量，还是质量上都达到登峰造极的水平，取得了空前绝后的成就。例如，唐代王昌龄的《闺怨》、李商隐的数首《无题》、宋代柳永的《雨霖铃》、秦观的《鹊桥仙》、李清照的《一剪梅》、陆游的《钗头凤》等，都是传颂千年的佳作。这些佳作所传达的情感，有的缠绵，有的热烈，有的无奈……到了元明清时代，伴随着新的文学样式——戏曲和小说的崛起，传统的爱情诗歌日渐式微，虽也有清新佳作，但很难超越前代。

爱情诗中最感人、最悲惨、最催人泪下的就是悼亡诗，即诗人们为纪念爱人所写的诗，也是我国古代诗词海洋中具有独特魅力的一类主题。悼亡诗始于晋代潘安，他作的《悼亡诗》三首，以缅怀已逝的妻子，诗中所流露出的真挚、深沉的夫妻之情，颇为后人赞赏。从此之后，悼亡诗便成为丈夫哀悼亡妻的专用诗题。例如，唐代元稹的《离思》《遣悲怀三首》，白居易的《为薛台悼亡》，宋代苏轼的《江城子·乙卯正月二十日夜记梦》，陆游的《沈园二首》，等。诗中表现出的那种肝肠寸断的悲伤，那种美满的幸福忽然间灰飞烟灭的痛楚，无一不情真意切，锥心刻骨。尤其是苏轼的《江城子·乙卯正月二十日夜记梦》，可谓是字字血，声声泪，把夫妻之间的爱情、离恨刻画到了极致。

本篇将详细讲述《诗经》第一篇《周南·关雎》、李商隐的《无题》《锦瑟》、苏轼的《江城子·乙卯正月二十日夜记梦》、秦观的《鹊桥仙·纤云弄巧》、陆游的《钗头凤·红酥手》、纳兰性德的《蝶恋花·辛苦最怜天上月》这七首诗，让我们走进绝世经典，跟随诗人的思绪，品尝爱情的芬芳、苦涩、缠绵、不舍的千般滋味，感受心中的波涛与涟漪。

周南·关雎

［先秦］无名氏

倾听细酌

俗话说：爱美之心人皆有之。面对美好的人或物，人们都会产生爱慕之心。人们常常把心中爱慕之人称为“梦中情人”。《关雎》这首诗便惟妙惟肖地展现了主人公对“梦中情人”的深深相思和浪漫追求。那么追求的过程、结果是怎样的？就让我们扫描二维码，跟随歌曲，走进《诗经》开篇第一首《关雎》。

品读指导

关关①雎鸠②，在河之洲③。窈窕④淑女，君子好逑⑤。
参差⑥荇菜⑦，左右流之⑧。窈窕淑女，寤寐⑨求之。
求之不得，寤寐思服⑩。悠哉悠哉⑪，辗转反侧⑫。
参差荇菜，左右采之。窈窕淑女，琴瑟⑬友之。
参差荇菜，左右芼⑭之。窈窕淑女，钟鼓乐之⑮。

注释

① 关关：象声词，雌雄二鸟相互应和的叫声。
② 雎鸠（jū jiū）：一种水鸟名。
③ 洲：水中的陆地。
④ 窈窕（yǎo tiǎo）淑女：贤良美好的女子。窈窕，身材体态美好的样子。
⑤ 好逑（hǎo qiú）：好的配偶。
⑥ 参差：长短不齐的样子。
⑦ 荇（xìng）菜：水草类植物。其叶圆茎细，根生水底，叶浮在水面，可供食用。
⑧ 左右流之：时而向左、时而向右地采摘荇菜。这里隐喻“君子”努力追求“淑女”。
⑨ 寤寐（wù mèi）：醒和睡，指日夜。寤，醒着。寐，入睡。
⑩ 思服：思念。服，想。
⑪ 悠哉（yōu zāi）悠哉：指思念绵绵不断。悠，感思。哉，语气助词。
⑫ 辗转反侧：翻覆不能入眠。辗转，即反侧。反侧，即翻覆。

⑬ 琴瑟友之：弹琴鼓瑟来亲近她。琴、瑟，皆弦乐器。友，用作动词，此处有亲近之意。

⑭ 芼（mào）：择取，挑选。

⑮ 钟鼓乐之：用钟奏乐来使她快乐。乐，使动用法，使……快乐。

译文

关关和鸣的雎鸠，相伴在河中的小洲。那美丽贤淑的女子，是君子的好配偶。
参差不齐的荇菜，从左到右去捞它。那美丽贤淑的女子，醒来睡去都想追求她。
追求却没法得到，白天黑夜便总思念她。长长的思念哟，叫人翻来覆去难睡下。
参差不齐的荇菜，从左到右去采它。那美丽贤淑的女子，奏起琴瑟来亲近她。
参差不齐的荇菜，从左到右去拔它。那美丽贤淑的女子，敲起钟鼓来取悦她。

作品鉴赏

赏析

《诗经》是中国文学中最古老的典籍，也是我国最早的一部诗歌总集。《周南·关雎》这首短小的诗篇是《诗经》的开篇之作。它的内容其实很单纯，是写一个“君子”对“淑女”的追求。此诗采用兴而有比的手法，以关雎的鸣声起兴，形象生动地描绘出男子在追求心上人时焦虑急迫及昼思夜想难以入眠的相思情景。

随学随练

周南·关雎

诗经

关关雎鸠，在河之洲。
窈窕淑女，君子好逑。参差
荇菜，左右流之。窈窕淑女，

寤寐求之。求之不得，寤寐思服。悠哉悠哉，辗转反侧。参差荇菜，左右采之。窈窕淑女，琴瑟友之。参差荇菜，左右芼之。窈窕淑女，钟鼓乐之。

无　题

[唐] 李商隐

倾听细酌

我国古代诗歌中，常常标有“无题”为题的诗篇，之所以用“无题”做题目，是因为作者不便于或不想直接用题目显露诗歌的主旨，这样的诗往往寄托着作者难言的隐痛，莫名的情思，苦涩的情怀，执着的追求等，正所谓写尽无题诗，最是有情人。请扫描二维码，体会诗人李商隐为什么要用“无题”做题目。

《无题》朗诵

品读指导

相见时难别亦难，东风①无力百花残②。
春蚕到死丝③方尽，蜡炬④成灰泪⑤始干。
晓镜⑥但愁云鬓⑦改，夜吟应觉⑧月光寒⑨。
蓬山⑩此去无多路，青鸟⑪殷勤⑫为探看⑬。

注释

① 东风：春风。
② 残：凋零。
③ 丝：与“思”谐音，以“丝”喻“思”，含相思之意。
④ 蜡炬：蜡烛。
⑤ 泪：指相思的眼泪。
⑥ 晓镜：早晨梳妆照镜子。镜，用作动词，照镜子的意思。
⑦ 云鬓：女子多而美的头发，这里比喻青春年华。
⑧ 应觉：设想之词。
⑨ 月光寒：指夜渐深。
⑩ 蓬山：蓬莱山，传说中的海上仙山。
⑪ 青鸟：神话中为西王母传递音讯的信使。
⑫ 殷勤：情谊恳切深厚。
⑬ 探看（kàn）：探望。

译文

见面的机会真是难得，分别时更是难舍难分，何况在这东风无力、百花凋谢的暮春时节，更加使人伤感。

春蚕结茧到死时丝才吐完，蜡烛要燃尽成灰时像泪一样的蜡油才能滴干。

女子早晨妆扮照镜，只担忧丰盛如云的鬓发改变颜色，容颜不再。长夜独自吟诗不寐，必然感到冷月侵人。

对方的住处就在不远的蓬莱山，却无路可通，可望而不可即。希望有青鸟一样的使者可殷勤地为我去探看情人。

作品鉴赏

赏析

名师点评《无题》

这首诗以女性的口吻抒写爱情心理，在悲伤、痛苦之中，寓有灼热的渴望和坚忍的执着精神，感情极为丰富，境界深微绵邈。

开头两句，写爱情的不幸遭遇和抒发主人公的心境：由于受到某种力量的阻隔，情人已经难以相会，分离的痛苦使她不堪忍受。首句的“别”字，不是说当下正在话别，而是指既成的被迫分离的状态。两个“难”字，第一个指相会困难，第二个是痛苦难堪的意思。前人诗中曾有“别日何易会日难”（曹丕《燕歌行》）、“别易会难得”（宋武帝《丁都护歌》）等句，都是强调重聚之难而感叹离别之苦。李商隐从这里推进一步，表明因为“相见时难”所以“别亦难”的痛苦。同时，两个“难”字的使用，因重复而给人以轻微的突兀感，造成了诗句的绵联纤柔之势，使相见无期的离别之痛因表达方式的低回婉转而显得分外深沉和缠绵。这样的缠绵之意，在其他平直叙述的诗句中是不易体会到的。

“东风无力百花残”一句，既是自然环境的表现，也是抒情者心境的反映，物我交融，心灵与自然取得了精微的契合。暮春时节，东风无力，百花纷谢，美好的春光即将逝去，人力对此是无可奈何的，而自己的境遇之不幸和心灵的创痛，也同眼前这随着春天流逝而凋残的花朵一样。美的事物受到摧残，岂不令人兴起无穷的怅惘与惋惜！

接下来三、四句，“春蚕到死丝方尽”中的“丝”字与“思”谐音，全句是说，自己对于对方的思念，如同春蚕吐丝，到死方休。“蜡炬成灰泪始干”是比喻自己为不能相聚而痛苦，无尽无休，仿佛蜡烛要燃尽成灰时像泪一样的蜡油才能滴干。诗人用了两个比喻表现出如此复杂的心理状态，可见他的想象力之丰富，运思之巧妙。“春蚕”句首先由春蚕吐丝绵绵不尽联想到人的眷恋感情之缠绵，又从蚕吐丝到“死”方止而推移到人的感情之生死不渝，因此写出了“到死丝方尽”，使这句话具有了多种比喻的意义。“蜡炬成灰泪始干”同样是用蜡烛做比喻，却不是单一地以蜡泪比拟痛苦，而是还进一步以“成灰泪始干”反映痛苦的感情终生相随。

以上四句着重揭示抒情者内心的感情活动，用形象的比喻使难以言说的复杂感情具体化，可谓是精彩绝伦。接下来五、六句转入写外向的意念活动。上句写自己，次句想象对方。“云鬓改”是说自己因为痛苦的折磨，夜晚辗转不能成眠，以至于鬓发脱落，容颜憔悴。同时，这一句说的是清晨照镜时为“云鬓改”而愁苦，并且是“但愁”——只为此而愁。这就生动地描写出了纡折婉曲的精神活动，而不再是单纯地叙述青春被痛苦所消磨这件事了。主人公夜间因痛苦而憔悴，清晨又为憔悴而痛苦。夜间的痛苦，是因为爱情追求不得实现；次日为憔悴而愁，是为了爱情而希望长葆青春。

“夜吟”句是推己及人，想象对方和自己一样痛苦。这一句是说她揣想对方大概也夜不成寐，常常吟诗遣怀，但是愁怀深重，无从排遣，所以愈发感到环境凄清，月光寒冷，心情也随之更趋暗淡。月下的色调是冷色调，“应觉月光寒”是借生理上冷的感觉反映心理上的凄凉感。“应”字是揣度、料想的口气，表明这一切都是自己对于对方的想象。如此生动的想象，体现了主人公对于情人的思念之切和了解之深。

想象愈具体，思念愈深切，便愈会燃起会面的渴望。既然会面无望，于是只好请使者为自己殷勤致意，替自己去看望他。这就是结尾两句的内容。诗词中常以仙侣比喻情侣，蓬山是神话、传说中的一座仙山，青鸟是一位女性仙人的使者，所以这里以蓬山象征对方的居处，以青鸟作为抒情主人公的使者。这个寄希望于使者的结尾，并没有改变“相见时难”的痛苦境遇，不过是无望中的希望，前途依旧渺茫。

这首诗，从头至尾都倾注着痛苦、失望而又缠绵、执着的感情，诗中每一联都是这种感情状态的反映，但是各联的具体意境又彼此有别。它们从不同的方面反复表现着融贯全诗的复杂感情，同时又以彼此之间的密切衔接而纵向地反映以这种复杂感情为内容的心理过程。这样的抒情，联绵往复，细微精深，成功地再现了主人公心底的绵邈深情。

学思践悟

这是一首感情深挚、缠绵委婉、咏叹忠贞爱情的诗篇。诗人情真意切而又含蓄蕴藉地写出了浓郁的离别之恨和缠绵的相思之苦。“春蚕到死丝方尽，蜡炬成灰泪始干”体现了爱情的坚贞，意境新奇，诗味隽永，已成千古传诵的名句。

随学随练

无题

李商隐

《无题》书写欣赏

相见时难别亦难，东风无力百花残。春蚕到死丝方尽，蜡炬成灰泪始干。晓镜但愁云鬓改，夜吟应觉月光寒。蓬山此去无多路，青鸟殷勤为探看。

锦　瑟[1]

［唐］李商隐

倾听细酌

这首诗题为“锦瑟”，但并非咏物，诗人以物寄情，描写一种扑朔迷离的感情。请扫描二维码倾听，跟随朗诵一起思考诗人借锦瑟书写了什么内容。

《锦瑟》朗诵

品读指导

锦瑟无端[2]五十弦，一弦一柱思华年[3]。
庄生晓梦迷蝴蝶，望帝[4]春心托杜鹃。
沧海月明珠有泪[5]，蓝田[6]日暖玉生烟。
此情可待成追忆，只是当时已惘然。

注释

① 锦瑟：装饰华美的瑟。瑟，拨弦乐器。
② 无端：无缘无故。
③ 思华年：追忆早年经历。
④ 望帝：指蜀帝杜宇，号望帝，相传死后其魂化为子规，即杜鹃鸟。
⑤ 珠有泪：传说南海外有鲛人，其眼泪则能出珠。
⑥ 蓝田：山名，在今陕西，盛产美玉。

译文

精美的瑟为什么有五十根弦，一弦一柱都叫我追忆青春年华。
庄周翩翩起舞睡梦中化为蝴蝶，望帝把自己的幽恨托身于杜鹃。
沧海明月高照，鲛人泣泪皆成珠；蓝田红日和暖，可看到良玉生烟。
悲欢离合之情，岂待今日才来追忆，早在当年已是令人不胜怅惘。

作品鉴赏

赏析

《锦瑟》是唐代诗人李商隐的代表作之一。诗题虽为“锦瑟”，但并非咏物，不过是按古诗的惯例以篇首二字为题，借锦瑟隐题的一首无题诗。

“锦瑟无端五十弦，一弦一柱思华年。”诗的首联以幽怨悲凉的锦瑟起兴，借助对形象的联想来显现诗人内心深处难于直抒的千般情怀，以及诗人沧海一生所有不能明言的万种体验，并点明“思华年”的主旨。这种写法是对传统比兴手法的创造性发展。

“庄生晓梦迷蝴蝶，望帝春心托杜鹃。”这句最能体现李商隐诗作引典精辟、譬喻精深的特点。李商隐以“庄生梦蝶”“不辨物我”之典来传达一种如梦如幻、令人迷惘的心境，让读者有感于物、有悟于心。

“沧海月明珠有泪，蓝田日暖玉生烟。”这一句把几个典故糅合在一起。泪以珠喻，自古为然，鲛人泣泪，颗颗成珠，也是海中的奇情异景。如此，皎月落于沧海之间，明珠浴于泪波之界，在诗人笔下，已然形成一个难以分辨的妙境。

后一句的蓝田沧海，也并非空穴来风。晚唐诗人司空图，引过比他早的戴叔伦的一段话：“诗家美景，如蓝田日暖，良玉生烟，可望而不可置于眉睫之前也。”这里用来比喻的八个字，竟和此诗颈联下句的七个字一模一样，足见此一比喻，另有根源，可惜后来古籍失传，已难重觅出处。晋代文学家陆机在他的《文赋》里有一联名句：“石韫玉而山辉，水怀珠而川媚。”诗中此句，正是在“韫玉山辉，怀珠川媚”的启示下，用蓝田日暖给上句沧海月明作出了对仗，造成了鲜明强烈的对比。就字面讲，“蓝田”对“沧海”，也是非常工整的，因为“沧”字本义是“青色”，由此可见，诗人在词藻上的考究，功力了得。

此联和上联共用了四个典故，呈现了不同的意境和情绪。庄生梦蝶，是人生的恍惚和迷惘；望帝春心，包含苦苦追寻的执着；沧海鲛泪，具有一种阔大的寂寥；蓝田日暖，传达了温暖而朦胧的欢乐。诗人通过典故中神奇、空灵的意象，向读者缓缓开启心门，将年华的美好和生命的感触等皆融于其中，营造了可意会不可言传的诗意世界。

诗的尾联，采用反问递进句式加强语气，结束全诗。“此情”总揽所抒之情；“成追忆”则与“思华年”呼应。“可待”即“岂待”，说明这令人惆怅伤感的“此情”，早已迷惘难遣，此时当更令人难以承受。

诗人在诗中追忆了自己的青春年华，伤感自己的不幸遭遇，寄托了悲慨、愤懑的心情。

大量借用典故，采用比兴手法，运用联想与想象，把听觉的感受转化为视觉形象，创造出朦胧的意境，从而借助可视可感的诗歌形象来传达其真挚浓烈而又幽深邈远的深思。

随学随练

锦瑟

李商隐

《锦瑟》书写欣赏

锦瑟无端五十弦，一弦一柱思华年。庄生晓梦迷蝴蝶，望帝春心托杜鹃。沧海月明珠有泪，蓝田日暖玉生烟。此情可待成追忆，只是当时已惘然。

江城子·乙卯①正月二十日夜记梦

［北宋］苏轼

倾听细韵

《江城子·乙卯正月二十日夜记梦》朗诵

苏东坡十九岁时，与年方十六的王弗结婚。王弗年轻美貌，且侍亲甚孝，二人恩爱情深。可惜天命无常，王弗在二十七岁时就去世了。这对苏东坡是绝大的打击，他心中的沉痛、精神上的痛苦，是不言而喻的。苏轼在《亡妻王氏墓志铭》里说："治平二年（1065）五月丁亥，赵郡苏轼之妻王氏（名弗），卒于京师。六月甲午，殡于京城之西。其明年六月壬午，葬于眉之东北彭山县安镇乡可龙里先君、先夫人墓之西北八步。"于平静语气下，寓绝大沉痛。熙宁八年（1075），东坡来到密州，这一年正月二十日，他梦见爱妻王氏，便写下了这首"有声当彻天，有泪当彻泉"，传诵千古的悼亡词。请扫描二维码倾听朗诵，体会这首情调凄凉、哀婉的悼亡词。

品读指导

十年②生死两茫茫。不思量③。自难忘。千里④孤坟⑤，无处话凄凉。
纵使相逢应不识，尘满面、鬓如霜。
夜来幽梦⑥忽还乡。小轩窗⑦。正梳妆。相顾⑧无言，惟有泪千行。
料得年年肠断处，明月夜、短松⑨冈。

作者简介

苏轼（1037—1101），字子瞻，号东坡居士，世称苏东坡，眉州眉山（今属四川省眉山市）人，北宋文学家、书画家。苏轼是宋代文学最高成就的代表，在诗、词、散文、书画等方面都取得了很高的成就。其诗题材广阔、清新豪健，善用夸张比喻，独具风格，与黄庭坚并称"苏黄"；其词开豪放一派，与辛弃疾同是豪放派代表，并称"苏辛"；其散文著述宏富，豪放自如，与欧阳修并称"欧苏"，为"唐宋八大家"之一；其擅长行书、楷书，与蔡襄、黄庭坚、米芾并称"宋四家"；其在绘画方面也颇有建树，主张"神似"，认为"论画以形似，见与儿童邻"。

注释

① 乙卯：公元1075年，即北宋熙宁八年。

② 十年：指结发妻子王弗去世已十年。

③ 思量：想念。“量”按格律应念平声 liáng。

④ 千里：王弗葬地四川眉山与苏轼任所山东密州，相隔遥远，故称“千里”。

⑤ 孤坟：指妻王氏之墓。

⑥ 幽梦：梦境隐约，故云幽梦。

⑦ 小轩窗：指小室的窗前。轩，门窗。

⑧ 顾：看。

⑨ 短松：矮松。

译文

你我夫妻诀别已经整整十年，强忍不去思念可终究难忘怀。孤坟远在千里之外，没有地方能诉说心中的悲伤凄凉。即使你我夫妻相逢怕是也认不出我来了，四处奔波早已是灰尘满面两鬓如霜。

昨夜在梦中又回到了家乡，看见你正在小窗前对镜梳妆。你我二人默默相对无言，只有泪落千行。料想你年年都为我柔肠寸断，在那凄冷的月明之夜，在那荒寂的短松冈上。

作品鉴赏

赏析

中国文学史上，从《诗经》开始，就已经出现悼亡诗。悼亡诗的内容或写爱侣去后，处孤室而凄怆，睹遗物而伤神；或写作者既富且贵，追忆往昔，慨叹世事难料、天命无常；或将自己深沉博大的思念和追忆之情，用恍惚迷离的文字抒发出来，读之令人心痛。用词写悼亡，是苏轼的首创。苏轼的这首悼亡之作与前人相比，风格独特，另具特色。这首词是“记梦”，而且明确写了做梦的日子。虽说是“记梦”，其实只有下阕五句是写梦境，其他都是抒胸臆、诉悲怀，写得真挚朴素，沉痛感人。

“十年生死两茫茫。不思量。自难忘。”开头三句排空而下，真情直语，感人至深。“十年生死两茫茫”，生死相隔，死者对人世已茫然无知，而活着的人对逝者呢，不也同样吗？恩爱夫妻，撒手永诀，时间倏忽，转瞬十年。“不思量，自难忘”，人虽已亡，而过去美好的情景自难忘怀啊！王弗逝世转瞬十年了，想当初年方十六的王弗嫁给了十九岁的苏东坡，少年夫妻情深义重自不必说，更难得她蕙质兰心，通情达理。

这十年间，苏东坡因反对王安石的新法，颇受压制，心境悲愤；到密州后，又逢凶年，忙于处理政务，生活困苦到食杞菊以维持的地步，而且继室王润之（或许正是出于对爱妻王弗的深切思念，东坡续娶了王弗的堂妹王润之，据说此女颇有其堂姐风韵）及儿子均在身旁，哪能年年月月、朝朝暮暮都把逝世的妻子挂在心间呢？不是经常想念，但绝不是已经忘却。这种深深埋在心底的感情，是难以消除的。

作者已时至中年，那种共担忧患的夫妻感情，久而弥笃，是一时一刻都不能消除的。作者将“不思量”与“自难忘”并举，利用这两组看似矛盾的心态之间的张力，真实而深刻地揭示自己内心的情感。十年忌辰，在这触动人心的日子里，他又怎能“不思量”那聪慧明理的贤内助呢。往事蓦然来到心间，久蓄的情感潜流，忽如闸门大开，奔腾澎湃难以遏止。“千里孤坟，无处话凄凉”，想到爱妻华年早逝，感慨万千，但远隔千里，无处诉说心中凄凉。其实即便坟墓近在身边，隔着生死，也无法诉说悲伤。这是超越了生死界线的痴语、情语，极大程度上表达了作者孤独寂寞、凄凉无助而又急于向人诉说的情感。

接着，“纵使相逢应不识，尘满面、鬓如霜”诗人又把现实与梦幻混同了起来，苍老的容颜，衰败的形体是常年处于思念、忧伤状态的后果，这时的苏轼才四十岁，已经“鬓如霜”了。苏轼明知妻子辞别人世已经十年，却要“纵使相逢”，这是一种绝望的、不可能的假设，表现了作者对爱侣的深切怀念，以及深沉悲痛而又无奈的感情也把个人的变化做了形象地描绘，使这首词的意蕴更加深了一层。

下阕的头五句，才入了题开始记梦，“夜来幽梦忽还乡”是记叙，写自己在梦中忽然回到了故乡，在那个两人曾共度甜蜜岁月的地方相聚。“小轩窗。正梳妆”，一切都是那么亲切而又熟悉，她情态容貌，依稀当年，正在梳妆打扮。作者以这样一个常见而难忘的场景表达了爱侣在自己心中永恒的印象。

夫妻相见，没有出现久别重逢、卿卿我我的亲昵，而是“相顾无言，唯有泪千行”！这正是东坡笔力奇崛之处。正唯“无言”，方显沉痛；正唯“无言”，才胜过了万语千言；正唯无言，才使这个梦境令人感到无限凄凉。“此时无声胜有声”，无声之胜，全在于此。别后种种从何说起？只有任凭泪水倾泻。一个梦，把过去拉了回来，但当年的美好情景，已不复存在，让人感到无限凄凉。

结尾三句，又从梦境落回到现实。“料得年年肠断处，明月夜、短松冈。”苏轼想，妻子也会因眷恋人世、难舍亲人而柔肠寸断吧！诗人推己至人，设想死者的痛苦，以寓自己的悼念之情。这种表现手法，有点像杜甫的名作《月夜》，不说自己如何，反说对方如何，使得诗词意味更加蕴蓄。苏东坡此词最后这三句，意深，痛巨，余音袅袅，让人回味无穷。特别是“明月夜、短松冈”两句，凄凉清幽独，黯然魂销。正所谓“天长地久有时尽，此恨绵绵无绝期”（白居易语）。这番痴情苦心实可感天动地。

这首词运用分合顿挫、虚实结合和叙述白描等多种艺术表现方法，来表达作者怀念亡妻的思想感情，在对亡妻的哀思中又糅进自己的身世感慨，将夫妻之间的情感表达得深婉而真挚，使人读后无不为之动情而感叹哀婉。

随学随练

江城子·乙卯正月二十日夜记梦

苏轼

十年生死两茫茫。不思量。自难忘。千里孤坟无处话凄凉。纵使相逢应不识。尘满面、鬓如霜。

夜来幽梦忽还乡。小轩窗。正梳妆。相顾无言，惟有泪千行。料得年年肠断处，明月夜，短松冈。

《江城子·乙卯正月二十日夜记梦》书写欣赏

鹊桥仙·纤云弄巧

［北宋］秦观

倾听细酌

诗人借牛郎织女的故事，表现人间的缠绵爱情和悲欢离合，古已有之，如《古诗十九首·迢迢牵牛星》、李商隐的《辛未七夕》等。宋代的欧阳修、柳永、苏轼等人也都曾引用过牛郎织女的故事，虽然遣词造句各异，但都格调哀婉、凄楚。相比之下，秦观的《鹊桥仙·纤云弄巧》堪称独出机杼，立意高远。请扫描二维码倾听这首词的经典传唱。

品读指导

纤云①弄巧②，飞星③传恨，银汉④迢迢⑤暗度⑥。金风玉露⑦一相逢，便胜却人间无数。
柔情似水，佳期如梦，忍顾⑧鹊桥归路。两情若是久长时，又岂在朝朝暮暮⑨。

作者简介

秦观（1049—1100），字太虚，又字少游，号淮海居士，世称淮海先生，北宋高邮（今江苏高邮）人，为“苏门四学士”之一，被尊为婉约派一代词宗。所写诗词高古沉重，寄托身世，感人至深。代表作品有《鹊桥仙》《淮海集》《淮海居士长短句》等。

注释

① 纤云：轻盈的云彩。
② 弄巧：指云彩在空中幻化成各种巧妙的花样。
③ 飞星：流星。
④ 银汉：银河。
⑤ 迢迢：遥远的样子。
⑥ 暗度：悄悄渡过。
⑦ 金风玉露：指秋风白露。
⑧ 忍顾：怎忍回视。
⑨ 朝朝暮暮：指朝夕相聚。

译文

纤薄的云彩在天空中变幻多端，天上的流星传递着相思的愁怨，遥远无垠的银河今夜我悄悄渡过。在秋风白露的七夕相会，就胜过尘世间那些长相厮守却貌合神离的夫妻。

共诉相思，柔情似水，短暂的相会如梦如幻，分别之时不忍去看那鹊桥路。只要两情至死不渝，又何必贪求卿卿我我的朝欢暮乐呢。

作品鉴赏

赏析

这是一首咏七夕的节序词，起句描绘七夕独有的抒情氛围，“巧”与“恨”，点明了七夕人间“乞巧”的主题及“牛郎织女”故事的悲剧性。整首词借牛郎织女悲欢离合的故事，歌颂坚贞诚挚的爱情。结句“两情若是久长时，又岂在朝朝暮暮”既是对牛郎织女的爱情的高度概括，又表述了作者的爱情观，是高度凝练的名言佳句。这首词具有跨时代的审美价值和艺术品位。同时，此词融写景、抒情与议论于一体，叙写牛郎织女相爱的神话故事，赋予这对仙侣浓郁的人情味，讴歌了真挚、细腻、纯洁、坚贞的爱情。词中明写天上双星，暗写人间情侣；以乐景写哀，以哀景写乐，倍增其哀乐，读起来荡气回肠，感人肺腑。

词一开始即写“纤云弄巧”，轻柔多姿的云彩，变化出许多优美巧妙的图案，显示出织女的手艺何其精巧绝伦。可是，这样美好的人，却不能与自己心爱的人朝夕相处。“飞星传恨”，那些闪亮的星星仿佛都传递着他们的离愁别恨。“银汉迢迢暗度”，以“迢迢”二字形容银河的辽阔和牛郎织女相距之遥远，从而突出了相思之苦。迢迢银河水，把两个相爱的人隔开，相见多么不容易。

接下来词人宕开笔墨，以富有感情色彩的议论赞叹道：“金风玉露一相逢，便胜却人间无数。”一对久别的情侣在金风玉露之夜、碧落银河之畔相会了，这美好的一刻，就抵得上人间千遍万遍的相会。词人热情歌颂了一种理想、圣洁而永恒的爱情。“金风玉露”出自李商隐《辛未七夕》诗：“恐是仙家好别离，故教迢递作佳期。由来碧落银河畔，可要金风玉露时。”词人把这次珍贵的相会，映衬于金风玉露、冰清玉洁的背景之下，显示出这种爱情的高尚纯洁和超凡脱俗。

“柔情似水，佳期如梦，忍顾鹊桥归路”，那两情相会的情意啊，就像悠悠无声的流水，是那样的温柔缠绵。“似水”照应“银汉迢迢”，即景设喻，十分自然。“佳期如梦”，一夕佳期竟然像梦幻一般倏然而逝，才相见又分离，怎不令人心碎。本句除了写相会时间之短，还写出爱侣相会时的复杂心情。“忍顾鹊桥归路”，转写分离，刚刚借以相会的鹊桥，转瞬间又成了和爱人分别的归路。这里词人不说不忍离去，却说怎忍看鹊桥归路，含有无限惜别之情与无限辛酸眼泪。回顾佳期幽会，疑真疑假，似梦似幻，及至鹊桥言别，恋恋之情，以至于极。词笔至此忽又转身，爆发出高亢的音响：“两情若是久长时，又岂在朝朝暮暮。”秦观这两句词揭示了爱情的真谛：爱情要经得起长久分离的考验，只要能彼此真诚相爱，即使终年天各一方，也比朝夕相伴的庸俗感情可贵得多。这两句感情色彩很浓的议论，成为爱情颂歌中的千古绝唱。它们与上片的议论遥相呼应，这样上、下片结构相同，叙事和议论相间，从而形成全篇连绵起伏的情致。这种正确的恋爱观与高尚的精神境界，远远超过了古代同类作品，是十分难能可贵的。

学思践悟

“两情若是久长时，又岂在朝朝暮暮”，是高度凝练的名言佳句，既指出了牛郎织女的爱情模式的特点，又表述了作者的爱情观。它道出了爱情的真意，为青年人追求爱情指明了方向，同时给我们提供了一个典范性的爱情价值标准。

知识链接

节序词

节序词，是以时令节日、民俗风景为表现对象的一类词作。有名的节序词有：秦观《鹊桥仙》咏七夕、周邦彦《解语花》描写元宵盛况等。

节序词自唐五代产生，到宋代已成为词作的重要题材。这类词不仅蕴含着丰富的人文内涵，还有着自己独特的审美风格和审美精神。此外，思维方式和价值观的变化、节俗文化的盛衰都直接影响到了节序词审美风格的转变。

乞　巧

乞巧，旧时风俗，农历七月七日夜（或七月六日夜），少女们穿着新衣在庭院向织女星乞求智巧，称为“乞巧”。乞巧的方式大多是姑娘们穿针引线验巧，做些小物品赛巧，摆上些瓜果乞巧，各个地区乞巧的方式不尽相同，各有趣味。近代的蒸巧馍馍、烙巧果子、生巧芽，以及用面塑、剪纸、彩绣等做成的装饰品也是乞巧风俗的延伸。

随学随练

鹊桥仙·纤云弄巧

秦观

《鹊桥仙·纤云弄巧》书写欣赏

纤云弄巧飞星传恨
银汉迢迢暗度。金风玉露
一相逢，便胜却人间无数。
柔情似水佳期如梦，
忍顾鹊桥归路。两情若是
久长时又岂在朝朝暮暮。

钗头凤·红酥手

[南宋] 陆游

倾听细酌

在一个繁花渐醒的春天，在外漂泊的陆游回到了家中，一人到花园游荡。然而，他没想到会遇到阔别十年之久的唐婉——他曾经的妻子，他一生中最爱的人。陆游见人感事，心中感触颇深，遂写下了这篇表达他眷恋之深和相思之切的痴情作品。请扫描二维码倾听陆游的这首词及唐婉和的《钗头凤·世情薄》。

《钗头凤·红酥手》
《钗头凤·世情薄》
朗诵

品读指导

红酥手，黄縢酒①，满城春色宫墙②柳。东风恶，欢情薄。一怀愁绪，几年离索③。
错、错、错。
春如旧，人空瘦，泪痕红浥④鲛绡⑤透。桃花落，闲池阁⑥。山盟⑦虽在，锦书⑧难托。
莫、莫、莫！

作者简介

陆游（1125—1210），字务观，号放翁，越州山阴（今浙江绍兴）人，南宋文学家、史学家、爱国诗人、词人。陆游生逢北宋灭亡之际，少时即受家庭爱国思想熏陶。高宗时，应礼部试，为秦桧所排斥而仕途不畅。孝宗时，赐进士出身。中年入蜀，投身军旅生活，官至宝谟阁待制。晚年退居家乡。

陆游一生笔耕不辍，今存诗九千多首，内容极为丰富。他与王安石、苏轼、黄庭坚并称“宋代四大诗人”，又与杨万里、范成大、尤袤合称“中兴四大诗人”。

注释

① 黄縢（téng）：酒名。

② 宫墙：南宋以绍兴为陪都，绍兴的某一段围墙，有宫墙之说。

③ 离索：离群索居的简括。

④ 浥（yì）：湿润。

⑤ 鲛绡（jiāo xiāo）：神话传说鲛人所织的绡，极薄，后用以泛指薄纱，这里指手帕。绡，生丝。

⑥ 池阁：池上的楼阁。

⑦ 山盟：旧时常用山盟海誓，指对山立盟，指海起誓。

⑧ 锦书：写在锦上的书信。

译文

你红润酥腻的手里，捧着盛上黄縢酒的杯子。春色满城，你却早已像宫墙中的绿柳那般遥不可及。春风多么可恶，将欢情吹得那样稀薄。满怀的忧愁情绪，离别几年来的生活十分萧索。遥想当初，只能感叹：错，错，错！

春景依旧，只是人却憔悴消瘦。泪水洗尽脸上的胭脂，又把薄绸的手帕全都湿透。桃花被风吹落，洒满清冷的池塘楼阁上。永远相爱的誓言还在，可是锦文书信再也难以交付。遥想当初，只能感叹：莫，莫，莫！

作品鉴赏

赏析

陆游的原配是母舅唐诚的女儿，名唤唐婉，字蕙仙，文静灵秀，善解人意。他们伉俪相得、琴瑟甚和。但后来因唐氏无法生育，陆母逼迫陆游休弃唐氏。因此，二人被迫分离，唐氏改嫁同郡赵士程。几年以后的一个春日，陆游在沈园与偕夫同游的唐氏邂逅。唐氏征得丈夫同意，上前为陆游敬酒。陆游见人感事，心中感触很深，遂乘醉吟赋这首词，信笔题于园壁之上。

词的上片，陆游通过追忆往昔美满的爱情生活，感叹被迫离异的痛苦，可分为两层。

开头三句为上片的第一层，词人回忆往昔与唐氏偕游沈园时的美好情景。“红酥手”写出了唐氏为词人殷勤把盏时的美丽姿态，形象地表现出昔日这对恩爱夫妻生活的美满与幸福。

“东风恶”几句为第二层，写词人被迫与唐氏离异后的痛苦心情。“东风恶”三字，一语双关，意蕴丰富。东风既可以使大地复苏，给万物带来勃勃的生机，也会狂风大作破坏春容春态。下片所云的“桃花落，闲池阁”，就正是它狂吹乱扫所带来的严重后果，因此说它“恶”。至于陆母是否也包含在内，不便明言，而又不能不言，只能含蓄表达。“欢情薄。一怀愁绪，几年离索。”美满姻缘被迫拆散，恩爱夫妻被迫分离，几年来的离别生活带给他们的只是满怀愁怨。“错、错、错”，一连三个“错”字，连迸而出，感情极为沉痛。

词的下片，词人由感慨往事回到现实，进一步抒写夫妻被迫离异的巨大哀痛，也可分为两层。

前三句为第一层，写沈园重逢时唐氏的表现。“春如旧”承上片“满城春色”句而来，依然是从前那样的春日，但是，唐氏却今非昔比了。经过“东风”的无情摧残，她憔悴了，消瘦了。“泪痕”一句进一步表现出此次相逢唐氏的心情状态。一个“透”字，不仅见其流泪之多，亦见其伤心之甚。

词的最后几句，是下片的第二层，写词人与唐氏相遇以后的痛苦心情。“桃花落”两句与上片的“东风恶”句前后照应，像桃花一样美丽姣好的唐氏，不是被无情的“东风”摧残折磨得憔悴消瘦了吗？词人自己的心境，不也像“闲池阁”一样凄寂冷落吗？“山盟虽在，锦书难托”虽只寥寥八字，却能有力地表现出词人内心的痛苦之情。“莫、莫、莫”，事已至此，再也无可补救、无法挽回了，这万千感慨还想它做什么？于是快刀斩乱麻：罢了，罢了，罢了！明明言犹未尽，意犹未了，情犹未终，却偏偏这么不了了之。全词在极其沉痛的喟叹声中结束了。

知识链接

与陆游相遇的第二年春天，怀着一种莫名的憧憬，唐婉再一次来到沈园，徘徊在曲径回廊之间，忽然瞥见陆游的题词。她反复吟诵，想起往日二人诗词唱和的情景，不由得泪流满面，心潮起伏，于是和了一阙《钗头凤·世情薄》，题在陆游的词后。

世情薄，人情恶。雨送黄昏花易落。晓风干，泪痕残。欲笺心事，独语斜阑。难、难、难！

人成各，今非昨。病魂常似秋千索。角声寒，夜阑珊。怕人寻问，咽泪装欢。瞒、瞒、瞒！

同年秋，唐婉抑郁而终。

随学随练

钗头凤·红酥手

陆游

《钗头凤·红酥手》
《钗头凤·世情薄》
书写欣赏

红酥手，黄縢酒，满城春色宫墙柳。东风恶，欢情薄。一怀愁绪，几年离索。错、错、错。

春如旧，人空瘦，泪痕红浥鲛绡透。桃花落，闲池阁。山盟虽在，锦书难托。莫、莫、莫！

蝶恋花·辛苦最怜天上月

［清］纳兰性德

倾听细酌

纳兰性德妻子卢氏去世后，他便长期处于痛苦悲伤之中。他将满腔思念寄托给月亮，用月亮盈亏喻人生的聚散，希望月亮夜夜明亮，长圆不缺。请扫描二维码倾听这首词的朗诵。

《蝶恋花·辛苦最怜天上月》朗诵

品读指导

辛苦最怜天上月，一昔如环，昔昔[①]都成玦[②]。若似月轮终皎洁，不辞冰雪为卿[③]热。

无那[④]尘缘容易绝，燕子依然，软踏帘钩说。唱罢秋坟愁未歇，春丛认取[⑤]双栖蝶。

作者简介

纳兰性德（1654—1685），字容若，号楞伽山人，满洲正黄旗人。清朝著名词人，词风与李煜相似。纳兰出身显赫，父亲是康熙时期武英殿大学士纳兰明珠。纳兰性德自幼修文习武，康熙十五年（1676）高中进士。初授三等侍卫，后晋为一等，长年追随康熙左右。

纳兰性德生性淡泊名利，最擅写词。他的词以真取胜，写情真挚浓烈，写景逼真传神。纳兰性德在清初词坛独树一帜，词风“清丽婉约，哀感顽艳，格高韵远，独具特色，直指本心”。著有《通志堂集》《侧帽集》《饮水词》等，康熙二十四年（1685）亡于寒疾，年仅三十一岁。他被王国维称为“以自然之眼观物，以自然之舌言情”的词人。

注释

① 昔昔：同“夕”，即夜夜。

② 玦（jué）：玉玦，半环形之玉，借此比喻不满的月亮。

③ 卿：“你”的爱称。

④ 无那：无奈，无可奈何。

⑤ 认取：注视着。取，语助词。

译文

最怜爱那天空辛苦的明月，一月之中只有一夜是像玉环一样的满月，其他时候都像是不完整的玉玦。如果能够像天上的圆月，长盈不亏，那么我作为冰雪，将不惜为你融化。

无奈尘世的情缘最易断绝，而不懂忧愁的燕子依然轻轻地踏在帘钩上，呢喃絮语。我在秋日，面对你的坟茔，高歌一曲，然而愁绪丝毫没有削减。我是多么希望能和你像春天里双飞双宿的蝴蝶那样在草丛里嬉戏啊。

作品鉴赏

赏析

这是一首悼亡词。作者在《沁园春》一词的小序中曾写道："丁巳重阳前三日，梦亡妇淡妆素服，执手哽咽，语多不复能记，但临别有云：'衔恨愿为天上月，年年犹得向郎圆。'"此词即先从"天上月"写起。

"辛苦最怜天上月，一昔如环，昔昔长如玦"，开篇三句凄美而清灵，说的是自己最怜爱那天空辛苦的月亮，一月之中，只有一夜是如玉环般的圆满，其他的夜晚都如玉玦般残缺。中国古典诗词中常以月的圆缺来象征人的悲欢离合，作者在这里说月，实际上是在说人，说的是自己以前与卢氏聚少离多，没有好好陪伴她，而现在卢氏已逝，给自己留下了终生的痛苦与遗憾。

"但似月轮终皎洁，不辞冰雪为卿热"，这句是纳兰对梦中亡妻所吟断句的直接回答，纳兰想象着那一轮明月仿佛化为自己日夜思念的亡妻，如果梦想真的能够实现，自己一定不怕月中的寒冷，为妻子夜夜送去温暖，从而弥补心中的遗憾。

然而梦想终究难以实现，当一切幻想破灭后，纳兰的思绪回到了现实。"无那尘缘容易绝，燕子依然，软踏帘钩说"，无奈尘世的情缘最易断绝，而不懂忧愁的燕子依然轻轻地踏在帘钩上，呢喃絮语。此时的纳兰睹物思人，由燕子的呢喃叙语想到自己与妻子昔日那段甜蜜而温馨的快乐时光，于是，他的思绪又开始飘散……

尾句"唱罢秋坟愁未歇，春丛认取双栖蝶"是纳兰对亡妻的倾诉，表达了自己的一片痴心：在你的坟前我悲歌当哭，纵使唱罢了挽歌，内心的愁情也丝毫不能消解，我甚至想要与你的亡魂双双化作蝴蝶，在灿烂的花丛中双栖双飞，永不分离。

这首悼念亡妻的词，凄美之中透着轻灵，通过对明月圆缺的观察，燕子呢喃的对语，蝴蝶双飞的描写，反映出对亡妻刻骨铭心的哀念。

随学随练

蝶恋花·辛苦最怜天上月

纳兰性德

辛苦最怜天上月，一昔如环，昔昔都成玦。若似月轮终皎洁，不辞冰雪为卿热。

无那尘缘容易绝，燕子依然，软踏帘钩说。唱罢秋坟愁未歇，春丛认取双栖蝶。

拓展阅读

秦风·蒹葭

[先秦]《诗经》

蒹葭苍苍，白露为霜。所谓伊人，在水一方。
溯洄从之，道阻且长。溯游从之，宛在水中央。
蒹葭萋萋，白露未晞。所谓伊人，在水之湄。
溯洄从之，道阻且跻。溯游从之，宛在水中坻。
蒹葭采采，白露未已。所谓伊人，在水之涘。
溯洄从之，道阻且右。溯游从之，宛在水中沚。

行行重行行

[汉]《古诗十九首》

行行重行行，与君生别离。
相去万余里，各在天一涯。
道路阻且长，会面安可知？
胡马依北风，越鸟巢南枝。
相去日已远，衣带日已缓。
浮云蔽白日，游子不顾反。
思君令人老，岁月忽已晚。
弃捐勿复道，努力加餐饭。

白头吟

[汉]卓文君

皑如山上雪，皎若云间月。
闻君有两意，故来相决绝。
今日斗酒会，明旦沟水头。
躞蹀御沟上，沟水东西流。
凄凄复凄凄，嫁娶不须啼。
愿得一人心，白首不相离。
竹竿何袅袅，鱼尾何簁簁！
男儿重意气，何用钱刀为！

离 思

[唐] 元稹

曾经沧海难为水，除却巫山不是云。
取次花丛懒回顾，半缘修道半缘君。

一剪梅

[宋] 李清照

红藕香残玉簟秋。轻解罗裳，独上兰舟。
云中谁寄锦书来，雁字回时，月满西楼。
花自飘零水自流。一种相思，两处闲愁。
此情无计可消除，才下眉头，却上心头。

摸鱼儿·雁丘词

[金] 元好问

问世间、情是何物，直教生死相许？天南地北双飞客，老翅几回寒暑。欢乐趣，离别苦，就中更有痴儿女。君应有语：渺万里层云，千山暮雪，只影向谁去？

横汾路，寂寞当年箫鼓，荒烟依旧平楚。招魂楚些何嗟及，山鬼暗啼风雨。天也妒，未信与，莺儿燕子俱黄土。千秋万古，为留待骚人，狂歌痛饮，来访雁丘处。

边塞军旅篇

探渊索珠——大漠孤烟

边塞军旅诗是时代的产物，也是最能体现国运盛衰的作品。它源出自刘琨、鲍照和庾信，还可追溯到建安一派诗人。

边塞军旅诗是唐代诗歌的主要题材，是唐诗中思想性最深刻、想象力最丰富、艺术性最强的一部分。在唐代，由于很多诗人有边塞生活经历及军旅生活体验，他们的诗作内容丰富多彩、有血有肉。其中，既有“大漠孤烟直，长河落日圆”的边塞风光，又有“将军金甲夜不脱，半夜军行戈相拨”的艰苦生活；既有“黄沙百战穿金甲，不破楼兰终不还”的杀敌报国、建功立业的抱负，又有“更吹羌笛关山月，无那金闺万里愁”的思乡情思……边塞军旅诗以其雄浑、磅礴、豪放、浪漫、悲壮、瑰丽的风格特色，成为唐诗中一面高擎入云的旗帜。

到了宋代，外辱不断，国难当头，统治者软弱无能，边塞军旅诗更多地是表现报国无门的愤懑及归家无望的哀伤。例如，陆游的“塞上长城空自许，镜中衰鬓已先斑”（《书愤五首·其一》），辛弃疾的“了却君王天下事，赢得生前身后名。可怜白发生！”（《破阵子·为陈同甫赋壮词以寄之》），贺铸的“恨登山临水，手寄七弦桐，目送归鸿”（《六州歌头·少年侠气》），等等，都抒发了杀敌报国、恢复祖国山河、建立功名的壮怀。

本篇将详细讲述杨炯的《从军行》、王翰的《凉州词二首（其一）》、王之涣的《凉州词二首（其一）》、王昌龄的《出塞》、王维的《使至塞上》、岑参的《白雪歌送武判官归京》和范仲淹的《渔家傲·秋思》这七首诗，让我们跟随诗人出征远戍、游历边塞，在欣赏边塞风光的同时，体会戍边将士思念故乡，矢志报国的真情。

从军行[1]

[唐] 杨炯

倾听细酌

唐高宗调露、永隆年间（679—681），吐蕃、突厥曾多次侵扰甘肃一带，礼部尚书裴行俭奉命出师征讨。此诗就描写了一个年轻的读书人从军征战边塞的整个过程。请扫描二维码，观看视频，欣赏这首边塞诗。

品读指导

烽火[2]照西京[3]，心中自不平。
牙璋[4]辞凤阙[5]，铁骑绕龙城[6]。
雪暗凋[7]旗画，风多杂鼓声。
宁为百夫长[8]，胜作一书生。

作者简介

杨炯（650—692），弘农华阴（今属陕西）人，唐代诗人，初唐四杰之一。显庆六年（661），年仅 11 岁的杨炯被举为神童，上元三年（676）应制举及第，授校书郎。后又任崇文馆学士，迁詹事、司直。杨炯文学才华出众，善写散文，尤善诗歌。现有诗歌 30 余首，在内容和艺术风格上以突破齐梁“官体诗风”为特色，在诗歌发展史上起到了承上启下的作用。

注释

① 从军行：为乐府《相和歌·平调曲》旧题，多写军旅生活。

② 烽火：古代边防告急的烟火。

③ 西京：长安。

④ 牙璋：古代发兵时所用的兵符，分为两块，相合处成牙状，朝廷和主帅各执其半。这里指代奉命出征的将帅。

⑤ 凤阙：皇宫。

⑥ 龙城：汉代匈奴聚会祭天之处，此处指匈奴汇聚处。

⑦ 凋：原意指草木枯败凋零，这里指失去了鲜艳的色彩。

⑧ 百夫长：一百个士兵的头目，泛指下级军官。

译文

烽火照耀京都长安，不平之气油然而生。

辞别皇宫，将军手执兵符而去；围敌攻城，精锐骑兵勇猛异常。

大雪纷飞，军旗黯然失色；狂风怒吼，夹杂咚咚战鼓。

我宁愿做个低级军官为国冲锋陷阵，也胜过当个白面书生只会雕句寻章。

作品鉴赏

赏析

这首诗借用乐府旧题“从军行”，描写一个读书士子从军边塞、参加战斗的全过程。全诗既揭示出人物的心理活动，又渲染了环境气氛，笔力极其雄劲。

诗的前两句交代了整个事件展开的背景，写边报传来，激起了志士的爱国热情。诗人并不直接说明军情紧急，只说“烽火照西京”，通过“烽火”这一形象化的景物，把军情的紧急表现出来了。一个“照”字渲染了战火的紧张氛围。“心中自不平”，是由烽火而引起的，国家兴亡，匹夫有责，他不愿再把青春年华消磨在笔砚之间。一个“自”字，表现了书生那种由衷的爱国激情，写出了人物的精神境界。

第三句“牙璋辞凤阙”，描写军队辞京出师的情景。这里，诗人用“牙璋”“凤阙”两词，显得典雅、稳重，既说明出征将士怀有崇高的使命，又显示出出师场面的隆重和庄严。第四句“铁骑绕龙城”，说明唐军已经神速地到达前线，并把敌方城堡包围得水泄不通。“铁骑”“龙城”相对，渲染出龙争虎斗的战争气氛。一个“绕”字，又形象地写出了唐军包围敌人的军事态势。

五六两句开始写战斗，诗人没有从正面着笔，而是通过景物描写进行烘托。“雪暗凋旗画，风多杂鼓声”，前句从人的视觉出发：大雪弥漫，遮天蔽日，使军旗上的彩画都显得黯然失色；后句从人的听觉出发：狂风呼啸，与雄壮的进军鼓声交织在一起。这两句诗，有声有色，各臻其妙。诗人别具机杼，以象征军队的“旗”和“鼓”，表现出征将士冒雪同敌人搏斗的坚强无畏精神和在战鼓声激励下奋勇杀敌的悲壮激烈场面。

诗的最后两句“宁为百夫长，胜作一书生”，直接抒发从戎书生保边卫国的壮志豪情。艰苦激烈的战斗，更增添了他对这种不平凡的生活的热爱，他宁愿驰骋沙场，为保卫边疆而战，也不愿作置身书斋的书生。

这首短诗，描写了书生投笔从戎，出塞参战的全过程。能把如此丰富的内容，浓缩在有限的篇幅里，可见诗人的艺术功力。首先，诗人抓住整个过程中最有代表性的片断，作了形象的概括，至于书生是怎样投笔从戎的，他又是怎样告别父老妻室的，一路上行军的情况怎样，诗人一概略去不写。其次，诗采取了跳跃式的结构，从一个典型场景跳到另一个典型场景，跳跃式地发展前进。例如，第三句刚写了辞京，第四句就已经包围了敌人，接着又展示了激烈战斗的场面。然而这种跳跃是十分自然的，每一个跨度之间又给人留下了丰富的想象余地。同时，这种跳跃式的结构，使诗歌具有明快的节奏，如山崖上飞流惊湍，给人一种一气直下、一往无前的气势，有力地突显出书生强烈的爱国情怀和唐军将士气壮山河的精神面貌。

随学随练

从军行

杨炯

《从军行》书写欣赏

烽火照西京，心中自不平。牙璋辞凤阙，铁骑绕龙城。雪暗凋旗画，风多杂鼓声。宁为百夫长，胜作一书生。

凉州词[①]二首（其一）

［唐］王翰

倾听细酌

王翰的《凉州词》这一首军旅诗，渲染了出征前盛大华贵的酒筵及战士们痛快豪饮的场面，表现了战士们将生死置之度外的旷达、奔放的思想感情，以及一种视死如归的勇气。请扫描二维码，倾听歌曲，品味这首诗的魅力！

原诗歌曲：《凉州词二首（其一）》

品读指导

葡萄美酒夜光杯[②]，欲[③]饮琵琶马上催[④]。
醉卧沙场[⑤]君[⑥]莫笑，古来征战[⑦]几人回？

作者简介

王翰（约 687—726），字子羽，并州晋阳（今山西太原市）人，唐代边塞诗人。其诗载于《全唐诗》的，仅有 14 首。

注释

① 凉州词：唐乐府名，是盛唐时流行的一种曲调名。
② 夜光杯：用白玉制成的酒杯，光可照明，这里指华贵而精美的酒杯。
③ 欲：将要。
④ 催：催促。
⑤ 沙场：平坦空旷的沙地，古时多指战场。
⑥ 君：你。
⑦ 征战：打仗。

译文

酒筵上甘醇的葡萄美酒盛满在精美的夜光杯之中，歌伎们弹奏起急促欢快的琵琶声助兴催饮，想到即将跨马奔赴沙场杀敌报国，战士们个个豪情满怀。

今日一定要一醉方休，即使醉倒在战场上又何妨？此次出征为国效力，本来就打算马革裹尸，没有准备活着回来。

作品鉴赏

赏析

名师点评：《凉州词二首（其一）》

诗人用饱蘸激情的笔触、铿锵激越的音调、绮丽耀眼的词语，写下这首诗的开篇第一句——“葡萄美酒夜光杯”。这句话给人们带来一种帷幕突然被拉开的畅快感，在人们的眼前展现出五光十色、琳琅满目、酒香四溢的盛大筵席。这景象使人惊喜，使人兴奋，为全诗的抒情营造了气氛，定下了基调。

第二句开头的“欲饮”二字，渲染出美酒佳肴盛宴不凡的诱人魅力，表现出将士们豪爽开朗的性格。正在大家“欲饮”未得之时，乐队奏起了琵琶，酒宴开始了，那急促欢快的旋律，像是在催促将士们举杯痛饮，使已经热烈的气氛顿时沸腾起来。“马上”二字，使人联想到“出发”，其实在西域，琵琶本来就是骑在马上弹奏的。“琵琶马上催”，是着意渲染一种欢快宴饮的场面。

诗的三、四句是写筵席上的畅饮和劝酒。过去曾有人认为这两句“作旷达语，倍觉悲痛”。还有人说：“故作豪饮之词，然悲感已极”。话虽不同，但都离不开一个“悲”字。后来更有用低沉、悲凉、感伤、反战等词语来概括这首诗的思想感情。清代施补华说这两句诗：“作悲伤语读便浅，作谐谑语读便妙，在学人领悟”（《岘佣说诗》）。之所以说“作悲伤语读便浅”，是因为全诗不是在说明战争的可怕，也不是表现对戎马生涯的厌恶，更不是对生命不保的哀叹。让我们回过头去看看那欢宴的场面：耳听着阵阵欢快、激越的琵琶声，将士们真是兴致飞扬，你斟我酌，一阵痛饮之后，便醉意微微了。醉意微微之后，也许有人想放杯了吧，这时座中便有人高叫：怕什么，醉就醉吧，就是醉卧沙场，也请诸位莫笑，这是因为早将生死置之度外了。可见这三、四两句正是席间的劝酒之词，而并不是什么悲伤之情，它虽有几分“谐谑”，却也为尽情酣醉寻得了最具有环境和性格特征的“理由”。“醉卧沙场”，表现出来的不仅是豪放、开朗、兴奋的感情，更是一种视死如归的勇气，这和豪华的筵席所显示的热烈气氛是一致的。这是一个欢乐的盛宴，描绘的场面和营造的意境绝不是一两个人在那儿浅斟低酌，借酒浇愁。明快的语言、跳动跌宕的节奏所反映出来的情绪是奔放而狂热的；它展现出的是一种激动和向往的艺术魅力，这正是盛唐边塞诗的特色。

知识链接

“凉州词”是凉州歌的唱词，不是诗题，是盛唐时流行的一种曲调名。开元年间（713—741），陇右节度使郭知运搜集了一批西域的曲谱，进献给唐玄宗。唐玄宗交给教坊翻成中原曲谱，并配上新的歌词演唱，以这些曲谱产生的地名为曲调名。后来许多诗人都喜欢这个曲调，为它填写新词，因此唐代许多诗人都写有《凉州词》。

王翰所作的《凉州词》有两首，下面是第二首。

凉州词二首·其二

秦中花鸟已应阑，塞外风沙犹自寒。
夜听胡笳折杨柳，教人意气忆长安。

随学随练

凉州词二首（其一）
王翰

葡萄美酒夜光杯，欲饮琵琶马上催。醉卧沙场君莫笑，古来征战几人回？

凉州词二首（其一）

［唐］王之涣

倾听细酌

王之涣以一种特殊的视角描绘了黄河远眺的特殊感受，同时也展示了边塞地区壮阔、荒凉的景色，全诗悲壮苍凉。请扫描二维码，倾听他笔下的《凉州词》。

《凉州词二首（其一）》朗诵

品读指导

黄河远上①白云间，一片孤城②万仞③山。
羌笛④何须⑤怨杨柳，春风不度⑥玉门关⑦。

作者简介

王之涣（688—742），字季陵，晋阳（今山西太原）人，盛唐时期著名诗人。王之涣为人豪放不羁，常击剑悲歌，其诗多被当时乐工制曲歌唱，名动一时。他尤善五言诗，以描写边塞风光著称。代表作有《登鹳雀楼》《凉州词》等。

注释

① 黄河远上：远望黄河的源头。远上，远远向西望去。
② 孤城：指孤零零的戍边的城堡。
③ 仞：古代的长度单位。
④ 羌笛：羌族乐器，属横吹式管乐。
⑤ 何须：何必。

⑥ 度：吹过。

⑦ 玉门关：汉武帝置，故址在今甘肃敦煌西北小方盘城，是古代通往西域的要道。

译文

纵目望去，黄河渐行渐远，好像奔流在缭绕的白云中间，就在黄河上游的万仞高山之中，一座孤城玉门关耸峙在那里，显得孤峭冷寂。

何必用羌笛吹起那哀怨的杨柳曲去埋怨春光迟迟不来呢，要知道玉门关一带本就是春风吹不到的地方啊！

作品鉴赏

赏析

首句“黄河远上白云间”抓住远眺的特点，描绘出一幅动人的图画：辽阔的高原上，黄河奔腾而去，远远望去，好像流入白云中一般。次句“一片孤城万仞山”，写塞上的孤城，在高山大河的环抱下，一座地处边塞的孤城巍然屹立。这两句描写了祖国山川的雄伟气势，勾勒出这个国防重镇的地理形势，突出了戍边士卒的荒凉境遇，为后两句刻画戍守者的心理提供了一个典型环境。

在这种环境中忽然听到了羌笛声，所吹的曲调恰好是《折杨柳》，这勾起了戍卒的离愁。这是因为古人有临别折柳相赠的风俗。“柳”与“留”谐音，赠柳表示留念。这种折柳赠别之风在唐代极为流行。于是，杨柳和离别就有了密切的联系，当戍边士卒听到羌笛吹奏着悲凉的《折杨柳》曲调时，难免会触动离愁别恨。于是，诗人用豁达的语调排解道：羌笛何须老是吹奏那哀怨的《折杨柳》曲调呢？要知道，玉门关外本来就是春风吹不到的地方，哪有杨柳可折！这里说“何须怨”，并不是没有怨，也不是劝戍卒不要怨，而是说怨也没用。“何须怨”三字，使诗意更加含蓄，更有深意。

全诗苍凉慷慨，悲而不失其壮，虽极力渲染戍卒不得还乡的怨情，但丝毫没有半点颓丧消沉的情调，充分表现出盛唐诗人的广阔胸怀。

随学随练

凉州词二首（其一）

王之涣

《凉州词二首（其一）》书写欣赏

黄河远上白云间，一片孤城万仞山。羌笛何须怨杨柳，春风不度玉门关。

出 塞

［唐］王昌龄

倾听细酌

王昌龄所处的时代，正值盛唐，这一时期，唐在对外战争中屡屡取胜，全民族的自信心极强，大多边塞诗也体现出一种慷慨激昂的向上精神和克敌制胜的强烈自信。同时，频繁的边塞战争，也使人民不堪重负，渴望和平，《出塞》正是表现了对久戍士卒的深厚同情及对和平的向往。请扫描二维码，倾听本诗的朗诵。

《出塞》朗诵

品读指导

秦时明月汉时关，万里长征人未还。
但使①龙城飞将②在，不教③胡马④度⑤阴山⑥。

注释

① 但使：只要。

② 龙城飞将：指的是卫青奇袭龙城的事情。也有人认为龙城飞将中飞将指的是汉飞将军李广，龙城是唐代的卢龙城（卢龙城就是汉代的李广练兵之地，在今河北省喜峰口附近一带，为汉代右北平郡所在地）。

③ 不教：不叫，不让。教，让。

④ 胡马：指侵扰内地的外族骑兵。

⑤ 度：越过。

⑥ 阴山：山名，位于内蒙古自治区中部及河北省最北部。

译文

依旧是秦汉时期的明月和边关，守边御敌鏖战万里的征夫还未归来。
倘若龙城的飞将李广如今还在，一定不会让敌人的铁蹄踏过阴山。

作品鉴赏

赏析

这是一首感叹边战不断、远征之苦、良将之苦的边塞诗，全诗体现出诗人对家国的爱重、对战争胜利的渴望，以及对良将的信心。

诗的首句“秦时明月汉时关”七个字，展现出一幅壮阔的图画，即一轮明月，笼罩着边疆关塞。诗人只用大笔勾勒，不作细致描绘，却生动表现出边疆的寥廓和景物的萧条，渲染出孤寂、苍凉的气氛。尤为奇妙的是，诗人在“月”和“关”的前面，用“秦时”“汉时”加以修饰，使这幅月临关塞图，变成了时间长河中的图画，给万里边关赋予了悠久的历史感。这是诗人长期对边塞战争深入且深刻思考而产生的“神来之笔”。接着，诗人触景生情，写出既叙事又抒情的“万里长征人未还”一句。在深沉的感叹中暗示当时边防多事，表现了诗人对于久戍士卒的深厚同情。同时，又从空间的角度点明边塞的遥远，由此创造时空交织的意象，把读者带到万里以外的边塞，再将读者拉入漫长的历史河流中去回忆、体验和思考。秦汉时的边关，至今在月下依然如故，战争一直持续不断，已有多少士卒血洒沙场，至死未归；又有多少战士仍然戍守着边关，不能归来。诗人借助阔大、悠久的时空意象，表现战争给秦、汉以来历代人民带来的痛苦和灾难。

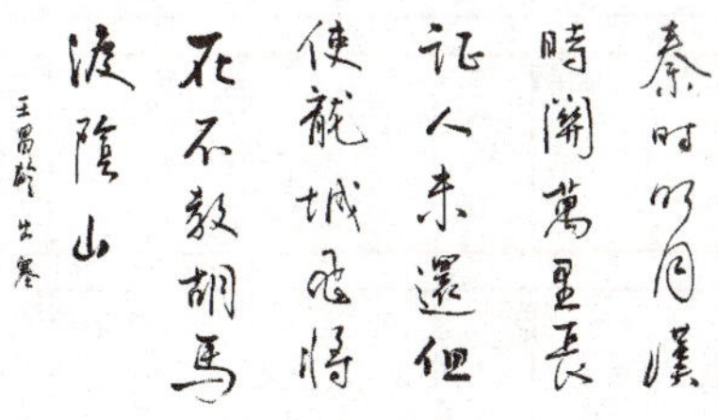

既然战争造成了人民共同的悲剧。那么，怎样来制止、结束这个悲剧呢？诗人给出了答案——“但使龙城飞将在，不教胡马度阴山”。他为久戍的士卒发出呼吁，希望有像飞将军那样的名将来率领广大战士打败敌人，夺取胜利，使敌人从此不敢再来侵犯。“但使龙城飞将在，不教胡马度阴山”两句，融抒情与议论为一体，直接抒发戍边战士巩固边防的愿望和保卫国家的壮志，洋溢着爱国激情和民族自豪感，读起来气势豪迈，铿锵有力。同时，这两句又语带讽刺，表现了诗人对朝廷用人不当和将帅腐败无能的不满。

学思践悟

王昌龄作为一个边塞诗人，对于边地人民的疾苦有着深切的感受，开篇的写景只不过是为了起兴，烘托出一种悲凉的边塞气氛，以引出下文所要表达的忧国忧民的情怀，并且暗讽当朝的无所作为。《出塞》这首诗的确是一首思想性和艺术性完美结合的佳作。

随学随练

出塞

王昌龄

《出塞》书写欣赏

秦时明月汉时关，万里长征人未还。但使龙城飞将在，不叫胡马度阴山。

使至塞上①

［唐］王维

倾听细酌

《使至塞上》这首诗以传神的笔墨描绘了塞外壮阔绮丽的景象。其中“大漠孤烟直，长河落日圆”更是被王国维称赞为“千古壮观”之句。请扫描二维码倾听，跟随歌曲一起回到壮阔绮丽的景象中。

品读指导

单车②欲问边③，属国④过居延⑤。
征蓬⑥出汉塞，归雁⑦入胡天⑧。
大漠⑨孤烟⑩直，长河⑪落日圆。
萧关⑫逢候骑⑬，都护⑭在燕然⑮。

注释

① 使至塞上：奉命出使边塞。使，出使。

② 单车：一辆车，这里形容轻车简从。

③ 问边：到边塞去看望，指慰问守卫边疆的官兵。

④ 属国：有几种解释：一指少数民族附属于汉族朝廷而存其国号者。汉、唐两朝均有一些属国。二指官名，秦汉时有一种官职名为典属国，苏武归汉后即授典属国官职。属国，即典属国的简称，这里诗人用来指自己使者的身份。

⑤ 居延：地名，汉代称居延泽，唐代称居延海，在今内蒙古额济纳旗北境。

⑥ 征蓬：随风远飞的枯蓬，此处为诗人自喻。

⑦ 归雁：雁是候鸟，春天北飞，秋天南行，这里是指大雁北飞。

⑧ 胡天：胡人的领地。这里是指唐军占领的北方。

⑨ 大漠：大沙漠，此处是指凉州以北的沙漠。

⑩ 孤烟：赵殿成注有二解：一云古代边防报警时燃狼粪，“其烟直而聚，虽风吹之不散”。二云塞外多旋风，“袅烟沙而直上”。据后人有到甘肃、新疆实地考察者证实，确有旋风如“孤烟直上”。又：孤烟也可能是唐代边防使用的平安火。《通典》卷二一八云：“及暮，平安火不至。”胡三省注：“《六典》：唐镇戍烽候所至，大率相去三十里，每日初夜，

放烟一炬，谓之平安火。”

⑪ 长河：即黄河。

⑫ 萧关：古关名，又名陇山关，故址在今宁夏固原东南。

⑬ 候骑：负责侦察、通讯的骑兵。王维出使河西并不经过萧关，此处大概是用何逊诗“候骑出萧关，追兵赴马邑”之意，非实写。

⑭ 都护：这里指前敌统帅。

⑮ 燕然：古山名，即今蒙古国杭爱山。这里代指前线。

译文

轻车简从将要去慰问边关，路经的属国已过居延。

像随风而去的蓬草一样出临边塞，北归大雁正翱翔云天。

浩瀚沙漠中孤烟直上，黄河边上落日浑圆。

到萧关时遇到侦察骑士，告诉我都护已经到燕然。

作品鉴赏

赏析

这首诗前两句交代了诗缘何而作，以及何地而作。“单车”，是说随从少，仪节规格不高，“欲问边”，是出使的目的。诗人于记事写景之中微露失意情绪。“居延”交代了地点，这特殊的地域，成为诗中描绘风光景物的依据。

三、四两句包含多重意蕴。由“归雁”一词可知，这次出使边塞的时间是春天。蓬草成熟后枝叶干枯，根离大地，随风飘卷，故称“征蓬”。诗人借蓬草自况，写飘零之感。“出汉塞”恰与诗人此行相映照，且突显出甚为浓厚的异国他乡情味，更加深了飘零之感。去国离乡，感情总是复杂万端，不管是出于有家难奔、有国难投，还是“使至塞上”，负有使命。诗人这次出使，心境是不佳的，不同于汉司马相如初得汉武帝青睐，出使西南夷那样的威风、气派。这两句诗人采用的是两两对比的写法。“征蓬”于诗人是正比，而“归雁”于诗人则是反衬。在一派春光中，雁北归旧巢育雏，适得其所；诗人迎着漠漠风沙像蓬草一样飘向塞外，景况迥然不同。

五、六两句写景，由两个画面组成，其境界阔大，气象雄浑。第一个画面是大漠孤烟。置身大漠，展现在诗人眼前的是这样一幅景象：黄沙莽莽，无边无际；昂首看天，天空没有一丝云影；不见草木，断绝行旅；极目远眺，但见天尽头有一缕孤烟在升腾，诗人的精神为之一振，似乎觉得这荒漠有了一点生气。烽烟告诉诗人，此行快要到目的地了。第二个画面是长河落日。诗人大概是站在一座山头上，俯瞰蜿蜒的河道，时当傍晚，落日低垂河面，河水闪着粼粼的波光，一个“圆”字准确地描绘出河上落日的景色特点。由于诗人视角独特，平添了河水吞吐日月的宏阔气势，从而使整个画面显得更加雄奇瑰丽。

最后两句以事作结：询知都护此时所在，诗人的使命也即将完成。诗的收束，顺其自然。这首诗虽是纪行，但或抒感慨，或叙异域风光，一路写来，自然天成。

学思践悟

通过这首诗，诗人为我们展现了塞外奇特壮丽的风光，也使我们深深地体会到诗人对守边战士的爱国精神和边塞奇异风光的赞美之情，全诗于凄凉中含有悲壮。这首诗没有在语言雕琢上下功夫，它只是用朴素自然的语言，描绘出大自然的本色美，雄奇瑰丽，意境雄浑，给人以身临其境之感。

随学随练

使至塞上

王维

《使至塞上》书写欣赏

单车欲问边，属国过居延。征蓬出汉塞，归雁入胡天。大漠孤烟直，长河落日圆。萧关逢候骑，都护在燕然。

白雪歌送武判官①归京

［唐］岑参

倾听细酌

“千山鸟飞绝，万径人踪灭”“窗含西岭千秋雪，门泊东吴万里船”“风雨送春归，飞雪迎春到。已是悬崖百丈冰，犹有花枝俏”“北国风光，万里雪飘，望长城内外，惟余莽莽，大河上下，顿失滔滔”……

《白雪歌送武判官归京》朗诵

古诗词中描写雪景的诗句比比皆是。岑参的这首《白雪歌送武判官归京》不仅描写了西域八月飞雪的壮丽景色，同时还是一首抒写塞外送别、雪中送客之情的诗作。请扫描二维码，倾听本诗的朗诵，一起感受这幅咏雪送人图。

品读指导

北风卷地白草②折，胡天③八月即飞雪。
忽如一夜春风来，千树万树梨花④开。
散入珠帘⑤湿罗幕⑥，狐裘⑦不暖锦衾薄⑧。
将军角弓⑨不得控⑩，都护⑪铁衣冷难着。
瀚海⑫阑干⑬百丈冰，愁云惨淡⑭万里凝。
中军⑮置酒饮归客，胡琴⑯琵琶与羌笛⑰。
纷纷暮雪下辕门⑱，风掣⑲红旗冻不翻⑳。
轮台东门送君去，去时雪满天山路。
山回路转不见君，雪上空留马行处。

作者简介

岑参（约 715—770），江陵（今湖北荆州）人，唐代诗人。他与高适齐名，并称“高岑”。岑参官至嘉州刺史，世称“岑嘉州”。岑诗的主要思想倾向于表现慷慨报国的英雄气概和不畏艰难的乐观精神；艺术表现方面想象丰富、夸张大胆、色彩绚丽、造意新奇。岑参擅长以七言歌描绘边塞风光以抒发豪放奔腾的感情。

注释

① 武判官：名不详。判官，官职名。

② 白草：西北的一种牧草，经霜后变白。

③ 胡天：这里指西域的天气。

④ 梨花：这里比喻雪花积在树枝上，像梨花开了一样。

⑤ 珠帘：以珠子穿缀成的挂帘。

⑥ 罗幕：丝织帐幕。

⑦ 狐裘：狐皮袍子。

⑧ 锦衾薄：盖了华美的织锦被子还觉得薄，形容天气很冷。

⑨ 角弓：用兽角装饰的硬弓。

⑩ 不得控：天太冷而冻得拉不开弓。

⑪ 都护：镇守边镇的长官，此为泛指，与上文的“将军”是互文。

⑫ 瀚海：大沙漠。这句说大沙漠里到处都结着很厚的冰。

⑬ 阑干：纵横的样子。

⑭ 惨淡：昏暗无光。

⑮ 中军：古时分兵为中、左、右三军，中军为主帅所居。

⑯ 胡琴：西域地区的乐器。

⑰ 羌笛：羌族的管乐器。

⑱ 辕门：军营的门。古代军队扎营，用车环围，出入处以两车车辕相向竖立，状如门。这里指帅衙署的外门。

⑲ 风掣：红旗因雪而冻结，风都吹不动了。

⑳ 冻不翻：旗被风往一个方向吹，给人以冻住之感。

译文

北风席卷大地吹折了白草，塞北的天空八月就飘降大雪。

仿佛一夜之间春风吹来，树上有如梨花争相开放。

雪花飞进珠帘沾湿了罗幕，狐裘不保暖盖上锦被也嫌单薄。

将军的手冻得拉不开弓，铁甲冰冷得让人难以穿上。

无边沙漠结着厚厚的冰，万里长空凝聚着惨淡愁云。
主帅帐中摆酒为归客饯行，胡琴琵琶羌笛合奏来助兴。
傍晚辕门前大雪落个不停，红旗冻僵了风也无法牵引。
轮台东门外欢送你回京去，你去时大雪盖满了天山路。
山路迂回曲折已不见你的身影，只有雪地上留下一串马蹄印迹。

作品鉴赏

赏析

这是一首咏边地雪景、寄寓送别之情的诗作。全诗句句咏雪，绘出一幅天山奇寒的画面，将思乡之情与保卫祖国、以苦为乐的精神统一起来，总基调积极乐观、昂扬奋发。

全诗以一天雪景的变化为线索，连用四个“雪”字，写出别前、饯别、临别、别后四个不同的雪景画面，记叙送别归京使臣的过程，文思开阔、结构缜密。全诗可分成三个部分。

前八句为第一部分，描写早晨起来看到的奇丽雪景和感受到的突如其来的奇寒。前四句主要写景色的奇丽。“即”“忽如”等词形象、准确地表现了诗人早晨起来突然看到雪景时的惊异神情。经过一夜，大地银装素裹、焕然一新，此时的雪景分外迷人。接着四句写雪后严寒，诗人的视线从帐外逐渐转入帐内，选取居住、睡眠、穿衣、拉弓等日常活动来表现寒冷，但将士却毫无怨言。“不得控”“冷难着”，说明尽管铁甲冷得刺骨，将士们仍然全副武装，时刻准备战斗。显然，这里表面写寒冷，实际是用冷来反衬将士内心的热和表现出将士们乐观的战斗情绪。

其后四句为第二部分，描绘白天雪景的雄伟壮阔和饯别宴会的盛况。“瀚海阑干百丈冰，愁云惨淡万里凝”，诗人用浪漫夸张、反衬的手法，写出下文的欢乐场面、人们的乐观精神。第一部分用“冷”来写“热”，而这一部分是用“愁”来写“欢”，表现手法一致。这一部分笔墨虽不多，却表现了送别的热烈隆重。同时，第一部分内在的热情，在这里迸发倾泻出来，达到了欢乐的顶点。

最后六句为第三部分，写傍晚送别友人踏上归途。“纷纷暮雪下辕门，风掣红旗冻不翻”，归客在暮色中迎着纷飞的大雪步出帐幕，而将士们如同军旗一样矗立在大雪中。这一动一静、一白一红相互映衬，从状态和色彩两个角度刻画了冒着严寒毫不动摇、威武不屈的士兵群像。“山回路转不见君，雪上空留马行处”，这两句平淡质朴的语言传递了将士们对战友的真挚情感。总之，第三部分既描写了对友人依依惜别的深情，也展现了边塞将士豪迈的英雄气概。

知识链接

《白雪歌送武判官归京》是岑参边塞诗的代表作，作于他第二次出塞阶段，他的大多数边塞诗都作于这一时期。岑参在这首诗中表现的不仅是自己和朋友武判官的友情，而且还以诗人的敏锐观察力和浪漫奔放的笔调，描绘了祖国西北边塞的壮丽景色，以及边塞军营送别归京使臣的热烈场面，表现了诗人和边防将士的爱国热情，以及他们对战友的真挚感情。

随学随练

白雪歌送武判官归京

岑参

《白雪歌送武判官归京》书写欣赏

北风卷地白草折，胡
天八月即飞雪。忽如一夜
春风来千树万树梨花开。
散入珠帘湿罗幕，狐裘不
暖锦衾薄。将军角弓不得
控，都护铁衣冷难着。瀚海
阑干百丈冰，愁云惨淡万

里凝。中军置酒饮归客，胡琴琵琶与羌笛。纷纷暮雪下辕门，风掣红旗冻不翻。轮台东门送君去，去时雪满天山路。山回路转不见君，雪上空留马行处。

渔家傲[①]·秋思

［北宋］范仲淹

倾听细酌

宋仁宗朝，西夏是从西北方面侵扰中原的强大敌人。公元1040年，范仲淹任陕西经略副使兼知延州（今陕西延安）。在他镇守西北边疆期间，既号令严明又爱抚士兵，深为西夏所惮服。这首词就是他身处军中的感怀之作。请扫描二维码，倾听朗诵，体会范仲淹作这首词时的心境。

《渔家傲·秋思》朗诵

品读指导

塞[②]下秋来风景异，衡阳雁去[③]无留意。四面边声[④]连角起。千嶂[⑤]里，长烟落日孤城闭。浊酒一杯家万里，燕然未勒[⑥]归无计。羌管[⑦]悠悠[⑧]霜满地。人不寐[⑨]，将军白发征夫泪。

作者简介

范仲淹（989—1052），字希文，苏州吴县（今江苏苏州）人，北宋杰出的思想家、政治家、文学家，谥号“文正”，世称“范文正公”。

范仲淹政绩卓著，文学成就突出。他倡导的“先天下之忧而忧，后天下之乐而乐”思想和仁人志士节操，对后世影响深远。有《范文正公集》传世。

注释

① 渔家傲：词牌名。

② 塞：边界要塞之地，这里指西北边疆。

③ 衡阳雁去：传说秋天北雁南飞，至湖南衡阳回雁峰而止，不再南飞。

④ 边声：边塞特有的声音，如大风、号角、羌笛、马啸等的声音。

⑤ 千嶂：绵延而峻峭的山峰，这里指崇山峻岭。

⑥ 燕然未勒：指战事未平，功名未立。

⑦ 羌管：即羌笛，出自古代西部羌族的一种乐器。

⑧ 悠悠：形容声音飘忽不定。

⑨ 不寐：睡不着。寐，睡。

译文

秋天到了，西北边塞的风光和江南不同。大雁又飞回衡阳了，一点也没有停留之意。黄昏时，军中号角一吹，周围的边声也随之而起。层峦叠嶂里，暮霭沉沉，山衔落日，只有孤零零的紧闭的城门。

饮一杯浊酒，不由得想起万里之外的家乡，未能像窦宪那样战胜敌人，刻石燕然，不能早作归计。悠扬的羌笛响起来了，天气寒冷，霜雪满地。夜深了，将士们都不能安睡：将军为操持军事，须发都变白了；战士们久戍边塞，也流下了伤心的眼泪。

作品鉴赏

赏析

这首词上片着重写景。“塞下”二句首先点明地点、时间和边地延州与内地的不同风光，其次具体描述了风光的不同，即西北边疆气候寒冷，一到秋天，寒风萧瑟，满目荒凉，大雁此时奋翅南飞，毫无留恋之意。“四面边声”三句写延州傍晚时分的景象。在群山的环抱中，太阳西沉，长烟苍茫，城门紧闭。同时，“孤城闭”三字隐隐透露出对宋王朝不利的军事形势。此外，千嶂、长烟、孤城、落日，这是静态描写；边声、号角则是伴以声响的动态描写。这里动静结合，展现出一幅充满肃杀之气的战地风光图画，形象地描绘了边塞特异的风景。

词的下片着重抒情。“浊酒一杯”两句，先自抒怀抱，即作者为前线三军统帅，防守边塞，天长日久，难免起乡关之思，想要借一杯浊酒消解乡愁。更重要的是，战争没有取得胜利，还乡之计就无从谈起，而要取胜又谈何容易。因此，更浓更重的乡愁就凝聚在心头，无计可除。“羌管悠悠霜满地”，这句写夜景，紧承“长烟落日”，到了夜晚，笛声悠扬，秋霜遍地，更引动了征人的乡思。随后，全词结束在“人不寐，将军白发征夫泪”两句上，此两句从写景转入写情，是说戍边将士上下一心，同仇敌忾，本可以战胜敌人，无奈朝廷奉行的是不抵抗政策，戍守艰苦，又无归计，人怎么能睡得着呢！旷日持久的守边白了将军的头，使征夫洒下许多思乡的热泪……

这首词语气沉郁雄浑，风格苍凉悲壮，把有关国家、社会的重大问题反映到词句里，可谓大手笔。从词史上说，这首词沉雄开阔的意境和苍凉悲壮的气概，对苏轼、辛弃疾等人也有影响。

知识链接

提到范仲淹，人们很容易想到他那篇有名的《岳阳楼记》，而很少记起他的词作；同样，因为文章，人们大多认他作文官，而很少当他为武将。这首《渔家傲·秋思》，可以弥补这种认识的不足。

随学随练

渔家傲·秋思

范仲淹

《渔家傲·秋思》书写欣赏

塞下秋来风景异，衡阳雁去无留意。四面边声连角起。千嶂里，长烟落日孤城闭。

浊酒一杯家万里，燕然未勒归无计。羌管悠悠霜满地。人不寐，将军白发征夫泪。

拓展阅读

白马篇

[三国魏] 曹植

白马饰金羁，连翩西北驰。借问谁家子，幽并游侠儿。
少小去乡邑，扬声沙漠垂。宿昔秉良弓，楛矢何参差。
控弦破左的，右发摧月支。仰手接飞猱，俯身散马蹄。
狡捷过猴猿，勇剽若豹螭。边城多警急，虏骑数迁移。
羽檄从北来，厉马登高堤。长驱蹈匈奴，左顾凌鲜卑。
弃身锋刃端，性命安可怀？父母且不顾，何言子与妻！
名编壮士籍，不得中顾私。捐躯赴国难，视死忽如归。

塞下曲六首·（其一）

[唐] 李白

五月天山雪，无花只有寒。
笛中闻折柳，春色未曾看。
晓战随金鼓，宵眠抱玉鞍。
愿将腰下剑，直为斩楼兰。

送李副使赴碛西官军

[唐] 岑参

火山六月应更热，赤亭道口行人绝。
知君惯度祁连城，岂能愁见轮台月。
脱鞍暂入酒家垆，送君万里西击胡。
功名祗向马上取，真是英雄一丈夫。

逢入京使

[唐] 岑参

故园东望路漫漫，双袖龙钟泪不干。
马上相逢无纸笔，凭君传语报平安。

塞下曲

[唐] 卢纶

月黑雁飞高，单于夜遁逃。
欲将轻骑逐，大雪满弓刀。

破阵子·为陈同甫赋壮词以寄之

[南宋] 辛弃疾

醉里挑灯看剑，梦回吹角连营。八百里分麾下炙，五十弦翻塞外声，沙场秋点兵。
马作的卢飞快，弓如霹雳弦惊。了却君王天下事，赢得生前身后名。可怜白发生！

过零丁洋

[南宋] 文天祥

辛苦遭逢起一经，干戈寥落四周星。
山河破碎风飘絮，身世浮沉雨打萍。
惶恐滩头说惶恐，零丁洋里叹零丁。
人生自古谁无死，留取丹心照汗青。

贬谪宦游篇

探渊索珠——壮志难酬

纵观中国历史，不难发现，大多数诗人都曾追求仕途或在政坛上活跃过，诗人与政治有着割舍不断的联系：从春秋时的“三不朽”（立德、立功、立言）之说，到儒家“学而优则仕”的入世思想，再到根深蒂固的“修身、齐家、治国、平天下”的观念。中国诗人的政治情怀有着悠久的历史积淀。

然而，大部分诗人的仕途都比较坎坷。几千年来，有多少文人墨客满腹才气，一腔热血，却报国无门，壮志难酬；又有多少文人身居庙堂，矢志报国，却遭受贬谪，几度浮沉。许多诗人都在诗词中描述过自己宦游异乡或遭受贬谪流放的经历。一朝被贬，背井离乡，腹中纵有万卷诗书，也无法在朝堂之上为天子谏言献策，一展报国之志；羁旅行役，孤独寂寞，只能在梦中思念故乡的亲人。大部分诗人所作的反映贬谪宦游的诗词都有透出了或深或浅的悲剧色彩。

不过，也有一些诗人虽仕途曲折坎坷，波澜起伏，但他们宠辱不惊，愈挫愈坚，正气凛然，豪放洒脱。例如，苏轼在被贬三年后所作《定风波·莫听穿林打叶声》中有云：“竹杖芒鞋轻胜马，谁怕？一蓑烟雨任平生。”再如，欧阳修在宦游途中所作《琅琊山六题·班春亭》有云：“野僧不用相迎送，乘兴闲来兴尽归。”这些诗句展现了诗人面对挫折时奋发进取的豪情和豁达乐观的情怀。

本篇将详细讲述韩愈的《左迁至蓝关示侄孙湘》、刘禹锡的《酬乐天扬州初逢席上见赠》、苏轼的《定风波·莫听穿林打叶声》、陆游的《十一月四日风雨大作》、马致远的《天净沙·秋思》这五首诗，让我们跟随诗人的脚步，回到当年，体会他们在面对人生挫折时感慨和释然，坚定和豁达。

左迁至蓝关示侄孙湘①

［唐］韩愈

倾听细酌

韩愈一生，以辟佛（斥佛教，驳佛理）为己任，晚年上书《论佛骨表》，力谏唐宪宗“迎佛骨入大内”，触犯“人主之怒”，几被定为死罪，经裴度等人说情，才由刑部侍郎贬为潮州刺史。潮州在今广东东部，距当时京师长安路途遥远。韩愈“朝奏夕贬”，内心悲愤，加上路途颠簸，一路的困顿可想而知。当他到达蓝田关时，他的侄孙韩湘赶来送行。韩愈面对亲人，情难自抑，悲歌当哭，慷慨激昂地写下了这首名篇。请扫描二维码倾听这首诗的朗诵。

《左迁至蓝关示侄孙湘》朗诵

品读指导

一封②朝奏③九重天④，夕贬潮阳路八千⑤。
欲为圣明⑥除弊事⑦，肯⑧将衰朽⑨惜残年⑩！
云横秦岭家何在？雪拥⑪蓝关⑫马不前⑬。
知汝⑭远来应有意⑮，好收吾骨瘴江⑯边。

作者简介

韩愈（768—824），字退之，号昌黎，谥号文公，世称“韩文公”，唐朝河南河阳（今河南孟州）人。唐代杰出的文学家、思想家、哲学家、政治家。他与柳宗元同为“古文运动”倡导者，后世并称为“韩柳”。

注释

① 湘：韩愈的侄孙韩湘。
② 一封：指一封奏章，即《论佛骨表》。
③ 朝（zhāo）奏：早晨送呈奏章。
④ 九重（chóng）天：古称天有九层，第九层最高，代指朝廷、皇帝。
⑤ 路八千：泛指路途遥远。
⑥ 圣明：指皇帝。

⑦ 弊事：政治上的弊端，指迎佛骨事。

⑧ 肯：岂肯。

⑨ 衰朽：衰弱多病。

⑩ 惜残年：顾惜晚年的生命。

⑪ 拥：阻塞。

⑫ 蓝关：蓝田关，今在陕西省蓝田县东南。

⑬ 马不前：马不向前行走。

⑭ 汝（rǔ）：你，指韩湘。

⑮ 应有意：定是有所打算。

⑯ 瘴（zhàng）江：指岭南瘴气弥漫的江流。

译文

早晨我把一封谏书上奏给皇帝，晚上就被贬官到路途遥远的潮州。

想替皇上除去有害的事，哪能因衰老就吝惜残余的生命。

回头望长安，看到的只是浮云隔断的终南山，家在哪里？立马蓝关，积雪阻塞，连马也踟蹰不前。

我知你远道而来定是有所打算，正好在潮州瘴气弥漫的江流边收敛我的尸骨。

作品鉴赏

赏析

点评“云横秦岭家何在，雪拥蓝关马不前”

本诗首联“一封朝奏九重天，夕贬潮阳路八千。”写明诗人被贬的原因，即因“一封（书）”而获罪。从“朝”“夕”“路八千”可以看出，皇帝龙颜大怒，转瞬之间就将诗人贬至十分遥远的潮州。

颔联“欲为圣明除弊事，肯将衰朽惜残年”，一方面直书诗人因忠获罪和非罪远谪的愤慨，另一方面表明虽然直言进谏为自己招来一场弥天大祸，可诗人无怨无悔。

颈联“云横秦岭家何在？雪拥蓝关马不前”，借景抒情，情悲且壮，“家何在”“马不前”六字饱含了诗人的血泪。此时他伤怀自己，也伤怀国事。大雪寒天，他立马蓝关，联想到前路的艰危，流露出英雄失路之悲。

尾联“知汝远来应有意，好收吾骨瘴江边”，写诗人向侄孙交代后事，进一步吐露了凄楚难言的沉痛、愤激之情。这两句虽有“九死而不悔”的态度，也含有“蹇叔哭师”的悲切，可谓是“抒英雄之志，表骨肉之情”。

此诗是韩诗七律中的佳作，风格沉郁顿挫。感情真挚，笔势纵横，开合动荡。首联中“朝奏”“夕贬”“九重天”“路八千”等词，对比鲜明且高度概括，一上来就有高屋建瓴之势。三、四句用“流水对”，十四字形成一体，浑然天成，紧紧承接上文。五、六句宕开一笔，借景抒情，用“云横”“雪拥”表现出雄阔的境界。全诗大气磅礴，卷洪波巨澜于方寸，诗味浓郁，诗意醇厚。

随学随练

左迁至蓝关示侄孙湘

韩愈

《左迁至蓝关示侄孙湘》书法欣赏

一封朝奏九重天，夕贬潮阳路八千。欲为圣明除弊事，肯将衰朽惜残年。云横秦岭家何在，雪拥蓝关马不前。知汝远来应有意，好收吾骨瘴江边。

酬乐天扬州初逢席上见赠①

[唐] 刘禹锡

倾听细酌

刘禹锡从小爱下围棋，与专教唐德宗太子下棋的棋待诏王叔文很要好。后来唐德宗太子继位，王叔文组阁执政，提拔棋友刘禹锡当监察御史。

《酬乐天扬州初逢席上见赠》朗诵

之后王叔文等人政治改革失败，刘禹锡也被贬到外地做官，二十三年之后应召回京。途经扬州，与同样被贬的白居易相遇。同是天涯沦落人。白居易在筵席上写了一首诗《醉赠刘二十八使君》相赠："为我引杯添酒饮，与君把箸击盘歌。诗称国手徒为尔，命压人头不奈何。举眼风光长寂寞，满朝官职独蹉跎。亦知合被才名折，二十三年折太多。"在诗中，白居易对刘禹锡被贬谪的遭遇，表示了同情和不平。于是刘禹锡写了这首《酬乐天扬州初逢席上见赠》回赠白居易。请扫描二维码，倾听本诗的朗诵。

品读指导

巴山楚水②凄凉地，二十三年③弃置④身。
怀旧空吟闻笛赋⑤，到乡翻似⑥烂柯人。
沉舟侧畔千帆过，病树前头万木春。
今日听君歌一曲，暂凭杯酒长精神⑦。

注释

① 见赠：送给（我）。

② 巴山楚水：指四川、湖南、湖北一带。

③ 二十三年：从唐顺宗永贞元年（805）刘禹锡被贬为连州刺史，至宝历二年（826）冬应召，约 22 年。因贬地离京较远，实际上到第二年才能回到京城，所以说 23 年。

④ 弃置：贬谪（zhé）。置，放置。

⑤ 闻笛赋：指西晋向秀的《思旧赋》。向秀跟嵇康是好朋友，嵇康被司马氏集团杀害，向秀经过嵇康故居时，听见有人吹笛，不禁悲从中来，于是作了《思旧赋》。

⑥ 翻似：倒好像。翻，副词，反而。

⑦ 长（zhǎng）精神：振作精神。长，增长或振作。

译文

在巴山楚水这些凄凉的地方，度过了二十三年沦落的光阴。

怀念故友徒然吟诵闻笛小赋，久谪归来感到已非旧时光景。

沉船的旁边正有千帆驶过，病树的前头却是万木争春。

今天听了你为我吟诵的诗篇，暂且借这一杯美酒振奋精神。

作品鉴赏

赏析

这首诗表达了刘禹锡对世事变迁和仕途浮沉的豁达襟怀，表现了诗人坚定的信念和乐观的精神，同时又暗含“新事物必将取代旧事物”的人生哲理。

白居易在赠诗中一方面感叹刘禹锡的不幸命运，另一方面又称赞了刘禹锡的才气与名望。赠诗的最后两句是：“亦知合被才名折，二十三年折太多。”所以刘禹锡在诗的开头就接着说：“巴山楚水凄凉地，二十三年弃置身。”坦承自己谪居在巴山楚水荒凉地的凄凉心境。诗句的一来一往，就像朋友之间推心置腹的恳切交谈。

接着，刘禹锡很自然地发出感慨：“怀旧空吟闻笛赋，到乡翻似烂柯人。”诉说自己在外二十三年，许多老朋友都已去世，只能徒然地吟诵“闻笛赋”表示悼念而已；如今回来，故乡也人事全非，不再是旧日的光景。后一句用“王质烂柯”的典故，既暗示了自己贬谪时间的长久，又表达了自己回归之后看到世事变迁的怅惘心情，涵义十分丰富。

白居易的赠诗中有“举眼风光长寂寞，满朝官职独蹉跎”这样两句，意思是说同辈的人都升迁了，只有你在荒凉的地方寂寞地虚度了年华，颇为刘禹锡抱不平。对此，刘禹锡在酬诗中回应道：“沉舟侧畔千帆过，病树前头万木春。”刘禹锡以“沉舟”“病树”比喻自己，显得惆怅又乐观。沉舟侧畔，有千帆竞发；病树前头，正万木皆春。他劝慰白居易不必为自己的寂寞、蹉跎而忧伤，表达了自己对世事变迁和仕途沉浮的豁达襟怀。这两句诗形象生动，暗含“新事物必将取代旧事物”的人生哲理，至今仍常被后人引用。

正因为“沉舟侧畔千帆过，病树前头万木春”这一联诗的突然振起，一改前面伤感低沉的情调，尾联便顺势而下，写道：“今日听君歌一曲，暂凭杯酒长精神。”点明了酬答白居易的题意。正像他在另外的诗里所写的：“莫道桑榆晚，为霞犹满天。”他这棵病树仍然要重添精神，迎上春光。

总体来说，诗的首联以伤感低沉的语调回顾了自己的贬谪生活；颔联借用典故暗示自己被贬时间之长，表达了对世态的变迁和人事生疏的怅惘心情；颈联是全诗感情升华之句，也是传诵千古的警句，表达了诗人豁达的胸襟；尾联顺势点明了酬答的题意，表达了诗人重新投入生活的意愿及坚韧不拔的意志。

学思践悟

在人生的奋斗过程中，我们必定会经受许多挫折和失败，只要我们坚信“沉舟侧畔千帆过，病树前头万木春”，树立信心，鼓足勇气，终会有成功的一天。

知识链接

王质烂柯

晋朝时信安郡（今浙江省衢县）有一位叫王质的人，有一天他上石室山打柴，看到两位老者在溪边大石上下围棋。于是他把砍柴用的斧子放在溪边地上，驻足观看老者下棋。不一会儿，王质觉得饿了，老者就把一个形状像枣核一样的东西给了王质，他吞下了那东西以后，竟然不觉得饿了。看了多时，老者对王质说“你该回家了”，王质起身去拿斧子时，一看斧柄（柯）已经腐朽了，磨得锋利的斧头也锈得凸凹不平了。王质觉得非常奇怪。回到家里后，他发现家乡已经大变样，无人认得他，他提起的事也只有几位老者知道，而且他们说那是许多年前的事了。原来王质去石室山打柴误入仙境，遇到了神仙，仙界一日，人间百年，所以他回来以后已经物是人非了。

随学随练

酬乐天扬州初逢席上见赠

刘禹锡

《酬乐天扬州初逢席上见赠》书法欣赏

巴山楚水凄凉地，二十三年弃置身。怀旧空吟闻笛赋，到乡翻似烂柯人。沉舟侧畔千帆过，病树前头万木春。今日听君歌一曲，暂凭杯酒长精神。

定风波[1]·莫听穿林打叶声

[北宋] 苏轼

倾听细酌

《定风波·莫听穿林打叶声》朗诵

这首词作于苏轼被贬为黄州（今湖北黄冈）团练副使的第三个春天。当时，他与朋友春日出游，风雨忽至，朋友深感狼狈，而他却毫不在乎，泰然处之，吟咏自若，缓步而行。请扫描二维码，倾听朗诵，体会苏轼豪爽乐观的性格和随缘自适的人生态度。

品读指导

【序词】三月七日，沙湖[2]道中遇雨。雨具先去，同行皆狼狈[3]，余独不觉。已而[4]遂晴，故作此。

莫听穿林打叶声，何妨吟啸[5]且徐行。
竹杖芒鞋[6]轻胜马，谁怕？一蓑[7]烟雨任平生。
料峭春风吹酒醒，微冷，山头斜照[8]却相迎。
回首向来[9]萧瑟[10]处，归去，也无风雨也无晴。

注释

① 定风波：词牌名。
② 沙湖：在今湖北武汉市武昌区。
③ 狼狈：进退皆难的困顿窘迫之状。
④ 已而：过了一会儿。
⑤ 吟啸：放声吟咏。
⑥ 芒鞋：草鞋。
⑦ 一蓑（suō）：蓑衣，用棕制成的雨披。
⑧ 斜照：偏西的阳光。
⑨ 向来：方才。
⑩ 萧瑟：风雨吹打树叶声。

译文

三月七日，在沙湖道上赶上了下雨，拿着雨具的仆人先前离开了，同行的人都觉得很狼狈，只有我不这么觉得。过了一会儿天晴了，就做了这首词。

不用注意那穿林打叶的雨声，不妨一边吟咏长啸着，一边悠然地行走。

拄竹杖曳草鞋轻便胜过骑马，这都是小事情又有什么可怕？一身蓑衣任凭风吹雨打，就这样过我的一生。

春风微凉，将我的酒意吹醒，身上略微感到一些寒冷，看山头上斜阳已露出了笑脸。

回头望一眼走过来遇到风雨的地方，回去，不管它是风雨还是放晴。

作品鉴赏

赏析

首句“莫听穿林打叶声”一方面渲染出雨骤风狂，另一方面又以“莫听”二字点明外物不足萦怀之意。“何妨吟啸且徐行”是前一句的延伸。表明诗人在雨中照常舒徐行步，呼应小序“同行皆狼狈，余独不觉”。首两句是全篇枢纽，以下词情都是由此生发。

“竹杖芒鞋轻胜马”，写诗人竹杖芒鞋，顶风冲雨，从容前行，以“轻胜马”的自我感受，传达出一种搏击风雨，笑傲人生的轻松、喜悦和豪迈之情。“一蓑烟雨任平生”，此句更进一步，由眼前风雨推及整个人生，有力地强化了诗人面对人生的风风雨雨而我行我素、不畏坎坷的超然情怀。

“山头斜照却相迎。回首向来萧瑟处，归去，也无风雨也无晴。”这两句描写的是雨过天晴的景象，既与上片所写的风雨相呼应，又为下面抒发人生感慨作铺垫。

结尾“回首向来萧瑟处，归去，也无风雨也无晴”是饱含人生哲理的点睛之笔，道出了诗人在大自然微妙的一瞬中所获得的顿悟和启示：自然界的雨晴既属寻常，社会人生中的政治风云、荣辱得失又何足挂齿？句中“萧瑟”二字，意谓风雨之声，与上片“穿林打叶声”相呼应。“风雨”二字，一语双关，既指野外途中所遇风雨，又暗指几乎置他于死地的政治“风雨”和人生险途。

学思践悟

人生总有不如意之时，豁达的胸襟能将这些不如意转化为另一种生活情趣。身处不如意的境地时，要学会从容地观察、体会和欣赏人生，做到“不以物喜，不以己悲”，这样才能不被任何打击和挫伤击倒，才能到达“也无风雨也无晴”的境界。

随学随练

定风波·莫听穿林打叶声

苏轼

莫听穿林打叶声，何妨吟啸且徐行。竹杖芒鞋轻胜马，谁怕？一蓑烟雨任平生。料峭春风吹酒醒，微

冷，山头斜照却相迎。回首

向来萧瑟处，归去，也无风

雨也无晴。

《定风波·莫听穿林打叶声》书写欣赏

十一月四日风雨大作

［南宋］陆游

倾听细酌

《十一月四日风雨大作》朗诵

陆游满怀爱国之心，他率领将士们在沙场驰骋，只为收复失地，却处处受到当权派的排挤，最终被罢官只能归隐。壮志难酬之际，他亲眼目睹南宋王朝面临强敌入侵，国土沦丧，政权摇摇欲坠的处境，只能将满腔爱国热忱和悲愤之情化为豪壮诗句，请扫描二维码，欣赏这首诗歌。

品读指导

僵卧①孤村②不自哀③，尚思④为国戍轮台⑤。
夜阑⑥卧听风吹雨⑦，铁马⑧冰河⑨入梦来。

注释

① 僵卧：直挺挺地躺着。

② 孤村：孤寂荒凉的村庄。

③ 不自哀：不为自己哀伤。

④ 思：想着，想到。

⑤ 戍（shù）轮台：在新疆一带防守，这里指戍守边疆。戍，守卫。

⑥ 夜阑（lán）：夜深。

⑦ 风吹雨：风雨交加，和题目中“风雨大作”相呼应；当时南宋王朝处于风雨飘摇之中，“风吹雨”也是时局写照，故诗人直到深夜尚难成眠。

⑧ 铁马：披着铁甲的战马。《宋书》：“铁马二千，风驱电击。”

⑨ 冰河：冰封的河流，指北方地区的河流。

译文

我直挺挺躺在孤寂荒凉的乡村里，没有为自己的处境而感到悲哀，心中还想着替国家防卫边疆。

夜将尽了，我躺在床上听到那风雨的声音，迷迷糊糊地梦见，自己骑着披着铁甲的战马跨过冰封的河流出征北方疆场。

作品鉴赏

赏析

诗的开头两句，意思紧密相联："僵卧孤村不自哀"叙述了作者的现实处境和精神状态，"尚思为国戍轮台"是对"不自哀"这种精神状态的解释。首句中的"僵、卧、孤、村"四字写出了作者此时凄凉的境遇："僵"字表明诗人年迈、肌骨衰老，"卧"字表明诗人多病，常在床蓐；"孤"字表明诗人生活孤苦，思想苦闷；"村"字表明诗人居住偏僻，过着荒村野老的凄苦生活。这四字写出了诗人归隐回乡后寂寞、窘迫的生活现状，笼罩着一种悲哀的气氛，让人十分同情。但接下去"不自哀"三字情绪急转，又现出一种乐观、豪放之气。诗人对自己的处境并不感到悲哀，贫病凄凉对他来说不算什么。诗人自己尚且"不自哀"，当然也不需要别人同情。但诗人需要有人理解他的满腔热血、一颗忠心，即"尚思为国戍轮台"。开头两句诗是诗人灵魂和人格的最好注释，山河破碎，国难当头，自有"肉食者谋之"，况且诗人年迈多病，正是因为"喜论恢复"、热心抗敌才屡屡受打击，最后才被罢官。在这种情况下，诗人仍怀"为国戍轮台"的壮志，让人肃然起敬。相比之下，那些屈辱投降的达官贵人和苟且偷生的人，就显得渺小和可鄙。

"夜阑卧听风吹雨"紧承上两句。诗人因"思"而不能成眠，听到外面的风吹雨打声，自然地联想到国家的风雨飘摇、战场的风云变幻、往昔的军旅生活。这样听着、想着，辗转反侧，幻化出特殊的梦境——"铁马冰河入梦来"。这反映了现实的可悲：诗人有心报国却遭排挤而无法杀敌，一腔御敌之情只能形诸梦境。"铁马冰河入梦来"是诗人日思夜想的结果，淋漓尽致地表达了诗人终生不渝的统一之志和慷慨激昂的英雄气概。这也是一代志士仁人的心声，代表了南宋时代的民族正气。

随学随练

十一月四日风雨大作

陆游

僵卧孤村不自哀尚
思爲國戍輪臺。夜闌卧聽
風吹雨，鐵馬冰河入夢來。

天净沙[①]·秋思

[元] 马致远

倾听细酌

马致远年轻时热衷功名，但由于元统治者实行民族高压政策，因而一直未能得志，几乎一生都过着漂泊无定的甚至困窘潦倒生活。在羁旅途中，他写下了这首匠心独运、自然天成的《天净沙·秋思》。请扫描二维码，倾听歌曲，跟随旋律品味作者的凄苦愁楚之情。

品读指导

枯藤[②]老树昏鸦[③]，小桥流水人家[④]，古道[⑤]西风[⑥]瘦马。

夕阳西下，断肠人[⑦]在天涯[⑧]。

作者简介

马致远，生卒年不详，字千里，号东篱，元大都（今北京）人，元代著名杂剧作家。他的年辈晚于关汉卿、白朴等人，与关汉卿、郑光祖、白朴并称“元曲四大家。”

马致远从事杂剧创作的时间较长，成就颇高，有“曲状元”之誉。他的作品见于着录的有 16 种，其中杂剧有《汉宫秋》《荐福碑》《岳阳楼》《青衫泪》《陈抟高卧》《任风子》，另有《黄粱梦》，是他和李时中、红字李二、花李郎合作的；散曲有《东篱乐府》。

注释

① 天净沙：曲牌名。

② 枯藤：枯萎的枝蔓。

③ 昏鸦：黄昏时的乌鸦。

④ 人家：农家。

⑤ 古道：古老荒凉的道路。

⑥ 西风：寒冷、萧瑟的秋风。

⑦ 断肠人：形容伤心悲痛到极点的人，此处指漂泊天涯、极度忧伤的旅人。

⑧ 天涯：远离家乡的地方。

译文

天色黄昏，一群乌鸦落在枯藤缠绕的老树上，发出凄厉的哀鸣。小桥下流水哗哗作响，小桥边庄户人家炊烟袅袅。古道上一匹瘦马，顶着西风艰难地前行。

夕阳渐渐地消退了光泽，从西边落下。凄寒的夜色里，只有孤独的旅人漂泊在遥远的地方。

作品鉴赏

赏析

马致远的这首小曲用二十八个字勾画出一幅羁旅荒郊图，抒发了断肠人触景生情的秋思。头两句“枯藤老树昏鸦，小桥流水人家”，勾画出一幅深秋僻静的村野图景，营造出一种冷落暗淡的气氛。其中“枯藤”“老树”给人以凄凉的感觉；“昏”字点出时间已是傍晚；“小桥流水人家”给人幽雅闲致的感觉。

第三句“古道西风瘦马”，烘托出秋风萧瑟、苍凉凄苦的意境，为僻静的村野图又增加一层荒凉之感。第四句“夕阳西下”使这幅昏暗的画面有了些许惨淡的光辉，更加深了悲凉的气氛。在前四句中，诗人把十种平淡无奇的客观景物巧妙地连缀起来，通过枯、老、昏、古、西、瘦六个字，将自己的无限愁思自然的寓于图景中。最后一句“断肠人在天涯”是点睛之笔。在深秋村野图的画面上，顿时浮现出一位漂泊天涯的游子：在残阳夕照的荒凉古道上，他牵着一匹瘦马，迎着凄苦的秋风，信步漫游，愁肠绞断，不知自己的归宿在何方。末句透露了诗人怀才不遇的悲凉情怀，恰当地点出了“秋思”的主题。《天净沙·秋思》堪称“景中有情，情中有景，情景妙合无痕”的杰作，完美地表现了漂泊天涯的旅人愁思，马致远也因此被推崇为“秋思之祖”。

学思践悟

这首小令仅五句、二十八个字，语言极为凝练却容量巨大，寥寥数笔就勾画出一幅悲绪四溢的“游子思归图”，淋漓尽致地表现了天涯沦落人的孤寂愁苦之情。该曲情调低沉，反映了当时沉闷的时代气氛，具有一定的社会意义。这首小令“增之一分则太长，减之一分则太短”，确实不愧为言简意丰、以少胜多的佳作。

随学随练

天净沙·秋思

马致远

枯藤老树昏鸦，小桥流水人家，古道西风瘦马。夕阳西下，断肠人在天涯。

拓展阅读

别弟缙后登青龙寺望蓝田山

［唐］王维

陌上新离别，苍茫四郊晦。
登高不见君，故山复云外。
远树蔽行人，长天隐秋塞。
心悲宦游子，何处飞征盖。

送李少府贬峡中王少府贬长沙

［唐］高适

嗟君此别意何如，驻马衔杯问谪居。
巫峡啼猿数行泪，衡阳归雁几封书。
青枫江上秋帆远，白帝城边古木疏。
圣代即今多雨露，暂时分手莫踌躇。

垂　钓

［唐］白居易

临水一长啸，忽思十年初。
三登甲乙第，一入承明庐。
浮生多变化，外事有盈虚。
今来伴江叟，沙头坐钓鱼。

定风波·伫立长堤

［北宋］柳永

伫立长堤，淡荡晚风起。骤雨歇，极目萧疏，塞柳万株，掩映箭波千里。走舟车向此，人人奔名竞利。念荡子、终日驱驱，争觉乡关转迢递。

何意。绣阁轻抛，锦字难逢，等闲度岁。奈泛泛旅迹，厌厌病绪，迩来谙尽，宦游滋味。此情怀、纵写香笺，凭谁与寄。算孟光、争得知我，继日添憔悴。

晚泊岳阳

[北宋] 欧阳修

卧闻岳阳城里钟，系舟岳阳城下树。
正见空江明月来，云水苍茫失江路。
夜深江月弄清辉，水上人歌月下归；
一阕声长听不尽，轻舟短楫去如飞。

西江月·世事一场大梦

[北宋] 苏轼

世事一场大梦，人生几度秋凉。夜来风叶已鸣廊。看取眉头鬓上。
酒贱常愁客少，月明多被云妨。中秋谁与共孤光。把盏凄然北望。

十二月十九日夜中发鄂渚晓泊汉阳亲旧携酒追送聊为短句

[北宋] 黄庭坚

接淅报官府，敢违王事程。
宵征江夏县，睡起汉阳城。
邻里烦追送，杯盘泻浊清。
祇应瘴乡老，难答故人情。

霜天晓角·旅兴

[南宋] 辛弃疾

吴头楚尾，一棹人千里，休说旧愁新恨，长亭树，今如此。
宦游吾倦矣，玉人留我醉，明日万花寒食，得且住，为佳耳。

哲理禅趣篇

探渊索珠——情文并茂

哲理禅趣诗由来已久，其最早可追溯到先秦时期的《诗经》和《楚辞》。诗经·卫风·氓》中有“于嗟鸠兮，无食桑葚。于嗟女兮，无与士耽”，《楚辞·天问》中有“遂古之初，谁传道之？上下未形，何由考之？”，这些诗句运用了比喻、象征等手法阐述哲理，是哲理禅趣诗的最初体现。到了魏晋时期，哲理禅趣诗得到进一步发展，这一时期最具代表性的哲理禅趣诗是陶渊明的《饮酒》，“采菊东篱下，悠然见南山。”诗人将“趣味”引入哲理诗中。到了两宋时期，哲理禅趣诗达到巅峰，这一时期具有代表性的诗句有王安石的“青山缭绕疑无路，忽见千帆隐映来”（《江上》）、陆游的“山重水复疑无路，柳暗花明又一村”（《游西山村》）等，诗人将“哲理”与“趣味”完美地融合。

诗有“理趣”就是诗中之理通过物象表达出来，事理与物象有高度的契合性，使读者通过物象便可直观地感知理解诗中的义理。“哲理”中有“趣味”，“趣味”中含“哲理”，是哲理禅趣诗的特点，即诗人将自己的情感、理想等与哲理融合在一起，通过描写、议论、抒情等方式表现出来，给人以品味不尽的意趣和美感，并引人思索、给人启发。

例如，苏轼的“横看成岭侧成峰，远近高低各不同。不识庐山真面目，只缘身在此山中”（《题西林壁》），先描述了从横、侧、高、低等不同角度看山会有远近高低不同的直观感受，然后引出“当局者迷，旁观者清”的人生哲理。又如，杨万里的“正入万山圈子里，一山放过一山拦”（《过松源晨炊漆公店》），表面上是写山区行路的艰难，实际上暗含“人生在世岂无难，人生就是不断地与‘难’作斗争”的人生哲理。阅读哲理禅趣诗，不仅能给人带来阅读诗歌的愉悦，还能引发人们对人生、社会的思考，激励人们满怀希望地面对困难与挫折。

本篇将详细讲述陶渊明的《饮酒（其五）》、陆游的《游山西村》、朱熹的《观书有感二首（其一）》、叶绍翁的《游园不值》、龚自珍的《己亥杂诗（其五）》这五首诗。让我们一起倾听细酌，细细品味，感受哲理禅趣诗的魅力，探究人生的智慧。

饮酒（其五）

［晋］陶渊明

倾听细酌

《饮酒》是陶渊明弃官归隐后陆续写成的一组五言古诗，多为酒后即兴所作。这组诗大都直抒胸臆，挥洒真情，借饮酒来抒情写志。这组诗共20首，本文选取的是第5首，讲述了诗人如何从大自然中悟出人生的意义，获得恬静的心境。请扫描二维码，倾听本诗的朗诵。

《饮酒（其五）》朗诵

品读指导

结庐①在人境，而无车马喧②。
问君③何能尔④？心远地自偏。
采菊东篱下，悠然⑤见⑥南山⑦。
山气日夕⑧佳，飞鸟相与⑨还⑩。
此中有真意，欲辨已忘言。

作者简介

陶渊明（约365—427），字元亮，号五柳先生，私谥“靖节”，东晋浔阳柴桑（今江西九江）人。东晋诗人、文学家、辞赋家、散文家。曾做过几年小官，后辞官回家，从此隐居。田园生活是陶渊明诗的主要题材，相关作品有《饮酒》《归园田居》《桃花源记》《五柳先生传》《归去来兮辞》等。

注释

① 结庐：建造房屋，这里是居住的意思。
② 车马喧：指世俗交往的喧扰。
③ 君：指诗人自己。
④ 何能尔：为什么能这样。尔，如此、这样。
⑤ 悠然：自得的样子。
⑥ 见：看见，动词。

⑦ 南山：泛指山峰，一说指庐山。

⑧ 日夕：傍晚。

⑨ 相与：相交，结伴。

⑩ 还：归。

译文

居住在人世间，却没有车马的喧嚣。

问我为何能如此，只要心志高远，自然就会觉得所处地方僻静了。

在东篱之下采摘菊花，悠然间，那远处的南山映入眼帘。

山中的气息与傍晚的景色十分好，有飞鸟结着伴儿归来。

这里面蕴含着人生的真正意义，想要辨识，却忘了怎样用语言去表达。

作品鉴赏

赏析

这首诗的意境可分为两层：前四句为第一层，写诗人摆脱世俗烦恼后的感受。后六句为第二层，写南山的美好景色和诗人从中获得的无限乐趣，表现了诗人对大自然的热爱，以及他淡泊明志、志趣高洁的人格。

“结庐在人境，而无车马喧。”首句诗人说自己虽然居住在人世间，但并无世俗的交往来打扰。为何身处“人境”而无“车马喧”的烦恼？因为“心远地自偏”，只要内心能真正地摆脱世俗的束缚，那么即使处于喧闹的环境里，也如同居于僻静之地。陶渊明早年满怀建功立业的理想，为了实现匡时济世的抱负曾几度出仕。然而他看到“真风告逝，大为斯兴”（《感士不遇赋》），官场风波险恶，世俗伪诈污浊，整个社会腐败黑暗，便选择了洁身自好、守道固穷的道路，最终隐居田园，躬耕自资。“结庐在人境”四句，就是写他精神上摆脱了世俗环境的干扰之后所产生的感受。所谓“心远”，即心不念名利之场，情不系权贵之门，绝进弃世，超尘脱俗。此四句托意高妙，寄情深远。

“采菊东篱下，悠然见南山”中“悠然”写出了诗人恬淡闲适、对生活无所求的心境。“采菊”表达了诗人超脱尘世，热爱自然的情趣。“见”字非常精妙，表现了诗人看山不是有意之为，而是采菊时，无意间，山入眼帘。

“山气日夕佳，飞鸟相与还。”通过这两句我们可见南山之景：日暮的岚气，若有若无，浮绕于峰际；成群的鸟儿，结伴而飞，归向山林。这一切是很美好的。在陶渊明的诗文中，读者常可以看到类似的句子：“云无心以出岫，鸟倦飞而知还”（《归去来兮辞》）；“卉木繁荣，和风清穆”（《劝农》）。这都是表现自然界的景色、现象和规律。因大自然无意志、无目的、无外求，所以这些景色显得平静、充实和完美。人既然是自然的一部分，也应该具有自然的本性，追求与自然的和谐统一。这两句表面上是写景，实际上是抒情悟理。诗人在此寄托了自己与山林为伍的情怀，同时也规劝他人回归自然。

“此中有真意，欲辨已忘言。”这两句的意思是这里边有人生的真义，想辨别出来，却忘了怎样用语言表达。“忘言”，通俗地说，就是不知道用什么语言来表达，只可意会，不可言传。诗人直言自己从大自然的美景中领悟到了人生的意趣和真谛，表露了纯洁自然的恬淡心情。诗里的“此中”，我们可以理解为此时此地（秋夕篱边），也可理解为整个田园生活。所谓“忘言”，实是说恬美安闲的田园生活才是自己真正的人生，而这种人生的乐趣，只能意会，不可言传，也无须叙说。这充分体现了诗人安贫乐道、励志守节的高尚品德。

这首诗颇具理趣。诗中“心远地自偏”一句，表明心与地之关系（即主观精神与客观环境之关系），即地之喧与偏，均取决于心之远与近。换句话说，隐士高人不必穴居岩处远离人世，心不滞于名利自可免除尘俗之干扰。诗中“采菊东篱下，悠然见南山”一句，表明瞬间之感应可以带来无限愉悦。在偶一举首之间心与山悠然相会，自身仿佛与山交融成为一体。日夕之山气、相与之归鸟，诸般景物仿佛不在外界而在心中，这就是回归本真、回归自然的真谛。

随学随练

饮酒（其五）

陶渊明

《饮酒（其五）》书写欣赏

结庐在人境，而无车马喧。问君何能尔，心远地自偏。采菊东篱下，悠然见南山。山气日夕佳，飞鸟相与还。此中有真意，欲辨已忘言。

游山西村

［南宋］陆游

倾听细酌

山重水复、柳暗花明，这两个大家耳熟能详的成语出自同一首诗。在这首诗中，有一座座连绵的山，有一条条交错的河，有密密层层的柳，有靓丽娇艳的花，还有几间若隐若现的农舍……请同学们扫描二维码，倾听歌曲，跟随旋律去感受这美丽的山西村。

品读指导

莫笑农家腊酒①浑，丰年留客足鸡豚②。
山重水复③疑无路，柳暗花明④又一村。
箫鼓⑤追随春社⑥近，衣冠简朴古风存⑦。
从今若许⑧闲乘月⑨，拄杖无时⑩夜叩门。

注释

① 腊酒：腊月里酿造的酒。

② 足鸡豚：意思是准备了丰盛的菜肴。足，足够，丰盛。豚，小猪，诗中代指猪肉。

③ 山重水复：一座座山、一道道水重重叠叠。

④ 柳暗花明：柳色深绿，花色红艳。

⑤ 箫鼓：吹箫打鼓。

⑥ 春社：古代把立春后第五个戊日作为春社日，拜祭社公（土地神）和五谷神，祈求丰收。

⑦ 古风存：保留着淳朴的古代风俗。

⑧ 若许：如果这样。

⑨ 闲乘月：有空闲时趁着月光前来。

⑩ 无时：没有固定的时间，即随时。

译文

不要笑农家腊月里酿的酒浑浊，在丰收年景里待客的菜肴非常丰富。

山峦重叠，水流曲折，正担心无路可走，柳绿花艳，眼前忽然又出现一个山村。

吹着箫、打起鼓，春社的日子已经接近，村民们衣冠简朴，古代风俗仍然保存。

今后如果还能乘大好月色出外闲游，我一定拄着拐杖随时来敲你的家门。

作品鉴赏

赏析

这是一首记游抒情诗，是陆游的名篇之一。首联“莫笑农家腊酒浑，丰年留客足鸡豚”渲染出丰收之年农村一片宁静、欢悦的气象。意思是说农家酿的腊酒虽然浑浊，但他们的待客情意十分深厚。一个“足”字，表达了农家款客尽其所有的盛情。“莫笑”二字，道出诗人对农村淳朴民风的赞赏。

解读《游山西村》

颔联“山重水复疑无路，柳暗花明又一村”写山间水畔的景色，蕴含哲理。读来仿佛可以看到诗人在青翠可掬的山峦间漫步，清碧的山泉在曲折溪流中汩汩穿行，草木愈见浓茂，蜿蜒的山径也愈发依稀难认。正在迷惘之际，突然看见前面花明柳暗，几间农家茅舍隐现于花木扶疏之间，诗人顿觉豁然开朗。

颈联“箫鼓追随春社近，衣冠简朴古风存”由自然入人事，描摹了南宋初年的农村风俗画卷。农家祭社祈年，满怀对丰收的期待。陆游在这里更以“衣冠简朴古风存”赞美这个古老的乡土风俗，显示出他对吾土吾民之爱。

前三联融情于景，表达了诗人对乡村生活的热爱。然而诗人似乎意犹未尽，故而笔锋一转：“从今若许闲乘月，拄杖无时夜叩门。”诗人已“游”了一整天，此时明月高悬，整个大地笼罩在一片淡淡的清光中，给春社过后的村庄也染上了一层静谧的色彩，别有一番情趣。于是这两句从胸中自然流出：但愿从今而后，能不时拄杖乘月，轻叩柴扉，与老农亲切絮语，此情此景，不亦乐乎。一个热爱家乡、与农民亲密无间的诗人形象跃然纸上。

学思践悟

“山重水复疑无路，柳暗花明又一村。”不论前路多么难行难辨，只要坚定信念、勇于开拓，人生就能绝处逢生，到达充满光明与希望的新境界。你在学习、生活中有这样的体会吗？

知识链接

人们在探讨学问、研究问题时，往往会有这样的情况：山回路转、扑朔迷离、出路难寻，于是顿生茫然之感。但是，如果锲而不舍，继续前行，终会眼前忽然出现一线亮光，豁然开朗，发现一个前所未见的新天地。这就是“山重水复疑无路，柳暗花明又一村”给人们的启发，也是宋诗特有的理趣。

随学随练

游山西村

陆游

《游山西村》书写欣赏

莫笑农家腊酒浑，丰年留客足鸡豚。山重水复疑无路，柳暗花明又一村。箫鼓追随春社近，衣冠简朴古风存。从今若许闲乘月，拄杖无时夜叩门。

观书有感二首（其一）

［南宋］朱熹

倾听细酌

诗歌传唱：《观书有感二首（其一）》

庆元二年（1196），为避权臣韩侂胄之祸，朱熹与门人黄干、蔡沈、黄钟来到新城福山（今黎川县社苹乡竹山村）双林寺侧的武夷堂讲学。在此期间，他应南城县上塘蛤蟆窝村吴伦、吴常兄弟之邀，到该村讲学，为吴氏厅堂书写“荣木轩”；为读书亭书写“书楼”。此外，还在该村写下了“问渠那得清如许，为有源头活水来”的著名诗句。朱熹离村后，村民便将蛤蟆窝村改为源头村。民国时曾设活水乡（今属上塘镇）以纪念朱熹。请扫描二维码，倾听歌曲，体会诗句中蕴含的深刻哲理。

品读指导

半亩方塘①一鉴②开，天光云影共徘徊③。
问渠④那得⑤清如⑥许，为⑦有源头活水⑧来。

作者简介

朱熹（1130—1200），字元晦，一字仲晦，号晦庵，别称紫阳。谥文，又称朱文公。祖籍徽州府婺源县（今江西婺源），出生于南剑州尤溪（今属福建三明）。南宋著名的理学家、思想家、哲学家、教育家、诗人、闽学派的代表人物，世称朱子，是孔子、孟子以后最杰出的弘扬儒学的大师。有《四书章句集注》《周易本义》《诗集结》《楚辞集注》等传世。

注释

① 方塘：又称半亩塘，在福建尤溪城南郑义斋馆舍（后为南溪书院）内。朱熹父亲朱松与郑交好，曾有《蝶恋花·醉宿郑氏别墅》词云："清晓方塘开一境。落絮如飞，肯向春风定。"

② 鉴：一说为古代用来盛水或冰的青铜大盆。也有学者认为是镜子，指像鉴（镜子）一样可以照人。

③ 天光云影共徘徊：天空中的光和云的影子映在塘水之中，不停地变动，犹如人在来回移动。徘徊：来回移动。

④ 渠：它，第三人称代词，这里指方塘之水。

⑤ 那得：怎么会。那，通"哪"，怎么的意思。

⑥ 如：如此，这样。

⑦ 为：因为。

⑧ 源头活水：比喻知识是不断更新和发展的，从而需要不断积累。

译文

半亩大的方形池塘如同打开的一面镜子，水面上荡漾着天空的光彩和浮云的影子。

这池塘的水为何这样清澈呢？那是因为有活水不断从源头流来啊。

作品鉴赏

赏析

这是首抒发读书体会的哲理诗。"半亩方塘一鉴开，天光云影共徘徊"，意思是说有一个只有半亩地大的方形的池塘，它像一面镜子那样澄澈明净，"天光云影"都被它倒映出来了。这两句描述的"方塘"形象十分生动，给人以清澈、宁静之感。

"问渠那得清如许，为有源头活水来。"诗人进一步提出了一个问题，那口方塘"那得清如许"？因为那永不枯竭的"源头"，源源不断地给它输送了"活水"，所以它永不枯竭、永不陈腐、永不污浊、永远"深"而且"清"。这两句是说人要心灵澄明，就得认真读书，时时补充新知识。

随学随练

观书有感二首（其一）

朱熹

《观书有感二首（其一）》书写示范

半亩方塘一鉴开，天光云影共徘徊。问渠那得清如许，为有源头活水来。

游园不值[1]

［南宋］叶绍翁

倾听细酌

请扫描二维码，倾听朗诵，跟随内容，思考该诗题目是什么意思。

《游园不值》朗诵

品读指导

应怜[2]屐齿[3]印苍苔，小扣[4]柴扉[5]久不开。
春色满园关不住，一枝红杏出墙来。

作者简介

叶绍翁，生卒年不详，字嗣宗，号靖逸，龙泉人，宋代文学家、诗人。原姓李，后嗣于龙泉（今属浙江）叶氏。建炎三年（1129），祖父李颖士抗金有功，升为大理寺丞、刑部郎中，后因赵鼎党事，被贬。叶绍翁因祖父关系受累，家业中衰，少时即给龙泉叶姓为子。光宗至宁宗期间，曾在朝廷做小官。

叶绍翁是江湖派诗人，他的诗以七言绝句最佳，如《游园不值》，历来为人们所传诵。有诗集《靖逸小集》。他别著《四朝闻见录》，杂叙宋高宗、孝宗、光宗、宁宗四朝轶事，颇有史料价值。

注释

① 游园不值：想游园没能进门。不值，没得到机会。

② 应怜：大概是感到心疼吧。应，表示猜测。怜，怜惜。

③ 屐（jī）齿：屐是木鞋，鞋底前后都有高跟儿。

④ 小扣：轻轻地敲门。

⑤ 柴扉：用木柴、树枝编成的门。

译文

也许是园主担心我的木屐踩坏他的青苔，轻轻地敲柴门，久久没有人来开。

可是这满园的春色毕竟是关不住的，你看，那儿有一枝粉红色的杏花伸出墙头来。

作品鉴赏

赏析

这首小诗写诗人春日游园的所见所感，融情于景，情景交融，写得十分形象而又富有理趣。

首两句“应怜屐齿印苍苔，小扣柴扉久不开”，交代作者访友不遇，园门紧闭，无法观赏园内的春色。这两句写得幽默风趣，说“大概是园主人爱惜园内的青苔，怕我的屐齿在上面留下践踏的痕迹，所以‘柴扉’久叩不开”。将主人不在家，故意说成主人有意拒客，这是为了给下面的诗句作铺垫。由于有了“应怜屐齿印苍苔”的设想，才引出后两句更新奇的想象：虽然主人自私地紧闭园门，好像要把春色关在园内独赏，但“春色满园关不住，一枝红杏出墙来”。这后两句诗形象鲜明，构思奇特，“春色”和“红杏”都被拟人化，不仅景中含情，而且景中寓理，能引起读者联想，使他们受到启示：“春色”是关不住的，“红杏”必然要“出墙来”宣告春天的来临。同样，一切新生的美好的事物也是封锁不住、禁锢不了的，它必能冲破束缚，蓬勃发展。

诗人游赏受阻，感情由失望到意外惊喜，这应该看作一种精神奇遇，由此而诞生了一首记录无法成游却胜于成游的别具一格的记游诗。

这首诗在写作上有很多妙处。其一是写春景抓住了特点。陆游的《马上作》云：“平桥小陌雨初收，淡日穿云翠霭浮。杨柳不遮春色断，一枝红杏出墙头。”他用“杨柳”的金黄、嫩绿来衬托“红杏”的艳丽，可谓善于突出重点。叶绍翁这首诗应是从陆游诗中脱胎而来，用一“出”字把红杏拟人化，更是抓住了春景特点，突出了重点。其二是“以少代多”。“一枝红杏”是“满园春色”具体而集中的表现，所以诗人就用一枝红杏代表了墙内百花。其三是不仅景中含情，而且景中寓理，能够给人以哲理的启示和精神的鼓舞。“春色满园关不住，一枝红杏出墙来。”春色在这么一“关”一“出”之间，冲破围墙，溢出园外，显示出一种蓬勃向上、无法阻挡的生命力。更引申出生活的哲理：新生事物一定会冲破重重困难，脱颖而出，蓬勃地发展起来。

知识链接

钱钟书：“这是古今传诵的诗，其实脱胎于陆游《剑南诗稿》卷十八《马上作》：‘平桥小陌雨初收，淡日穿云翠霭浮。杨柳不遮春色断，一枝红杏出墙头。’不过第三句写得比陆游的新警。《南宋群贤小集》第十册有另一位‘江湖派’诗人张良臣的《雪窗小集》，里面的《偶题》说：‘谁家池馆静萧萧，斜倚朱门不敢敲。一段好春藏不尽，粉墙斜露杏花梢。’第三句有闲字填衬，也不及叶绍翁的来得具体。这种景色，唐人也曾描写，例如温庭筠《杏花》：‘杳杳艳歌春日午，出墙何处隔朱门。’吴融《途见杏花》：‘一枝红杏出墙头，墙外行人正独愁。’又《杏花》：‘独照影时临水畔，最含情处出墙头。’但或则和其他的情景掺杂排列，或则没有安放在一篇中留下印象最深的地位，都不及宋人写得这样醒豁。”

随学随练

游园不值

叶绍翁

《游园不值》书写示范

应怜屐齿印苍苔，小扣柴扉久不开。春色满园关不住，一枝红杏出墙来。

己亥杂诗（其五）

［清］龚自珍

倾听细酌

诗题中的“己亥”是我国古代干支纪年法中的己亥年，即清代道光十九年（1839），是鸦片战争的前一年。当时，清王朝走向衰亡，清政府无能腐败，对外卑躬屈膝，对内大肆打压，官吏贪污腐败，百姓民不聊生。这一年力主改革时弊的龚自珍愤然辞官南下，将所见所闻、所思所想记录在了315首日记体组诗《己亥杂诗》中。本文选取的是其中的第五首，请扫描二维码，倾听朗诵，体会本诗的韵味。

《己亥杂诗（其五）》朗诵

品读指导

浩荡[1]离愁白日斜[2]，吟鞭[3]东指[4]即天涯[5]。

落红[6]不是无情物，化作春泥更护花。

作者简介

龚自珍（1792—1841），清代思想家、文学家及改良主义的先驱者，被柳亚子誉为“三百年来第一流”。曾任内阁中书、宗人府主事和礼部主事等官职。主张革除弊政，抵制外国侵略，曾全力支持林则徐禁除鸦片。48岁辞官南归，次年暴卒于江苏丹阳云阳书院。他著有《定盦文集》，留存文章300余篇，诗词近800首，今人辑为《龚自珍全集》。

注释

① 浩荡：广阔深远的样子，也就是无限之意。

② 白日斜：夕阳西下的黄昏时分。

③ 吟鞭：即马鞭。诗人在途中，一边策马行进，一边吟诗，故说“吟鞭”。

④ 东指：出城门向东，指东方故里。

⑤ 天涯：原意是天边，此指离京城遥远的地方。

⑥ 落红：落花，诗人自况。龚自珍因被迫辞官回乡，故自比为落花。后一“花”字，当指一代新人。

译文

浩浩荡荡的离愁别绪向着日落西斜的远处延伸，离开北京，马鞭向东一挥，感觉就是人在天涯一般。

我辞官归乡，有如从枝头上掉下来的落花，但它却不是无情之物，化成了春天的泥土，还能起着培育下一代的作用。

作品鉴赏

赏析

诗人当时愤然辞官，离别亲朋好友，愁肠百结。开头一词“浩荡”，除了说明愁绪之浓，还蕴蓄着对当时社会的不满、对当政者的愤然、对人民生活的担忧等各种复杂的思想感情。

了解龚自珍，
了解《己亥杂诗》

“浩荡离愁白日斜。”离愁别绪已经充塞天地、浩浩难禁，何况正值夕阳西坠、日暮摇落之际，诗人此时的心绪可想而知。这里不说“夕阳”而取“白日”，正好与诗人当时的心情相吻合，也隐喻当时国势渐颓的社会现实。在中国古典诗歌中，诗人们常常喜欢用落日作为自然现象和象征韶光易逝的双重手法来显示相思之烈或别离之苦。例如，“携手上河梁，游子暮何之”（《别诗三首》）；“浮云游子意，落日故人情”（李白《送友人》）；“念去去，千里烟波，暮霭沉沉楚天阔”（柳永《雨霖铃》）；“斜阳却在，烟柳断肠处”（辛弃疾《摸鱼儿》）。

“吟鞭东指即天涯。”“吟鞭”是指诗人的马鞭，“东指”点明了此行的目的地——故乡（浙江）。“即天涯”是说距离京都很远。马鞭举处，前面便是离京师越来越远的海角天涯。元人马致远的《天净沙》写秋思：“枯藤老树昏鸦，小桥流水人家。古道西风瘦马。夕阳西下，断肠人在天涯。”龚自珍以“浩荡”修饰离愁，以“白日斜”烘托离愁，以“天涯”映衬离愁，这种多层次的描写方法和马致远的“夕阳西下，断肠人在天涯”有异曲同工之妙。只不过龚自珍的“吟鞭东指即天涯”没有直接说自己是“断肠人”而已。

日暮的片片飞花，撩起诗人的离愁。事业未竟，岁月蹉跎，青春已逝，红日西沉，今番出都，也许不再回还，作为描摹落花的能手，诗人爱“探春”，更爱“送春”，爱花开，也许更爱看花落，他曾在《西郊落花歌》中说纷飞的海棠花是到人间漂泊逗留的奇龙怪凤，把大风中海棠纷谢的奇景写成“如钱塘潮夜澎湃，如昆阳战晨披靡；如八万四千天女洗脸罢，齐向此地倾胭脂”“又闻净土落花深四寸，瞑目观想尤神驰”，想象“安得树有不尽之花更雨新好者，三百六十日长是落花时”。他对落花做过那么多美妙的比喻，而如今，诗人突然感到自己像一片飘飞的落花。辞别京都，诗人乘马车出都，一路情不能已，对着无边的落花，展开丰富的想象。官场的倾轧，沉重的氛围，窒息的人性，拮据的生活，诗人把自己的身世与落花完全融为一体。

“落红不是无情物”，这里的“落红”两字，在全诗中地位十分重要。它上承“浩荡离愁”，诗人的离愁不仅有“浩荡”修饰、“白日斜”烘托、“天涯”映衬，还被时时拂面而过的“落红”撩起。这一笔是隐藏在诗内的，因此，“落红”既是对前面离愁内涵的补充，而作为转折，它又使整首诗从离愁中解脱出来，转入下层，为全诗主题升华做了铺垫。此时诗人在想落红护花。“落红”即落花，全句的本义是说从树上飘落的花瓣并不是无情之物，而是依附地表，腐烂成泥，化作精魂，养育来年的春花。作者借自然的循环法则来自比，表示自己虽然辞官，但仍会关心国家的前途命运。落花绝不是无情的废物，诗人辞去礼部主事之职之后，到家乡主掌书院，聚徒讲学，把自己的学识和思想传给生徒，以变革的热情和对未来的憧憬启迪他们，为国为民尽自己的最后一点力量。花落归根，化为春泥，正可以孕育新的春天，色彩、芬芳，正可以献给后来者。至此，诗人终于把飞花般纷乱的思绪捉住，从愁思中摆脱出来，带着时代的使命感，上升到一种庄严神圣的境界。

“化作春泥更护花”，这是飞花的独白，也是诗人与腐败的官场决裂，向黑暗势力抗争的庄严而神圣的宣誓。为了国家和黎民百姓，为了似锦繁花，诗人不惜献身化为春泥。

这首小诗将政治抱负和个人志向融为一体，将抒情和议论有机结合，形象地表达了诗人复杂的情感。龚自珍论诗曾说“诗与人为一，人外无诗，诗外无人”（《书汤海秋诗集后》），他自己的创作就是最好的证明。

学思践悟

请联系生活实际想一想，在当今社会，有没有具有“落红不是无情物，化作春泥更护花”这种精神的人呢？

随学随练

己亥杂诗（其五）

龚自珍

《己亥杂诗》书写欣赏

浩荡离愁白日斜，吟鞭东指即天涯。落红不是无情物，化作春泥更护花。

拓展阅读

龟虽寿

［东汉］曹操

神龟虽寿，犹有竟时。
腾蛇乘雾，终为土灰。
老骥伏枥，志在千里。
烈士暮年，壮心不已。
盈缩之期，不但在天；
养怡之福，可得永年。
幸甚至哉，歌以咏志。

秋夜独坐

［唐］王维

独坐悲双鬓，空堂欲二更。
雨中山果落，灯下草虫鸣。
白发终难变，黄金不可成。
欲知除老病，唯有学无生。

浣溪沙·一曲新词酒一杯

［北宋］晏殊

一曲新词酒一杯，去年天气旧亭台。夕阳西下几时回？
无可奈何花落去，似曾相识燕归来。小园香径独徘徊。

登飞来峰

［北宋］王安石

飞来山上千寻塔，闻说鸡鸣见日升。
不畏浮云遮望眼，只缘身在最高层。

题西林壁

[北宋] 苏轼

横看成岭侧成峰，远近高低各不同。
不识庐山真面目，只缘身在此山中。

冬夜读书示子聿

[宋] 陆游

古人学问无遗力，少壮工夫老始成。
纸上得来终觉浅，绝知此事要躬行。

春　日

[南宋] 朱熹

胜日寻芳泗水滨，无边光景一时新。
等闲识得东风面，万紫千红总是春。

咏物言志篇

探渊索珠——沉博绝丽

咏物言志诗是将个人之志依托在某个客观之物（如梅、兰、竹、菊、松、风等）上，也就是说诗人通过对具体事务的描写或刻画，含蓄地表现自己的志向、意愿或寄托，传达自己的抱负和志趣。其中的志与物往往存在某种相同点或相似点，物不仅能达意，且以志为物核。

例如，郑谷的“王孙莫把比蓬蒿，九日枝枝近鬓毛。露湿秋香满池岸，由来不羡瓦松高”（《菊》），诗人除了将池岸边的菊花与高屋上的瓦松作对比外，整首诗还采用了托物言志的手法，意在说明菊花虽然生长在沼泽低洼之处，却自身高洁、清幽，慷慨地把自己的馨香奉献给了人们；诗人赋予菊花不羡慕高位、不追逐名利高尚品质，托菊花表达自己淡泊、高洁、自甘奉献的志向和追求。又如，虞世南的“垂緌饮清露，流响出疏桐。居高声自远，非是藉秋风”（《蝉》），诗人借居高食洁的蝉指代清高自负、踌躇满志的士大夫，表明品质高洁的人不需任何凭藉，也自会声名远扬。

咏物言志诗是中国诗歌史上一颗闪耀的明珠，讲求托物言志、寓理于情，讲求言简意赅、凝练节制，讲求形神兼备、意境深远，强调知、情、意、行相统一。阅读咏物言志诗，不仅可以陶冶情操、修身养性，还能培养审美情趣和优良品质。

本篇将详细讲述张志和的《渔歌子》、苏轼的《卜算子·黄州定惠院寓居作》、李清照的《鹧鸪天·桂花》、陆游的《卜算子·咏梅》、王冕的《墨梅》、郑燮的《竹石》这六首诗。让我们细酌诗句、细品客观之物，跟随诗人的思索和探究，体会物我合一的境界。

渔歌子

[唐] 张志和

倾听细酌

张志和是唐代著名的词人、画家，他常常把绘画的技巧融入到词句中。请扫描二维码，倾听细酌，看看这首词中作者描写了哪些景物。

《渔歌子》朗诵

品读指导

西塞山①前白鹭飞，桃花流水②鳜鱼肥。
青箬笠③，绿蓑衣④，斜风细雨不须归。

作者简介

张志和（732—774），字子同，初名龟龄，婺州（今浙江金华）人，自号“烟波钓徒”，又号“玄真子”。唐代著名词人、画家。十六岁参加科举，以明经擢第（科举考试及第），授左金吾卫录事参军，唐肃宗赐名为“志和”。后因事获罪贬南浦尉，不久赦还。

注释

① 西塞山：在今浙江省湖州市西面。

② 桃花流水：桃花盛开的季节正是春水盛涨的时候，俗称桃花汛或桃花水。

③ 箬笠：竹叶编的笠帽。

④ 蓑衣：用草或棕编制成的雨衣。

译文

西塞山前白鹭在自由地翱翔，桃花盛开，春水初涨，鳜鱼正肥美。

渔父戴着青色的箬笠，披着绿色的蓑衣，冒着斜风细雨，悠然自得地垂钓，下了雨都不回家。

作品鉴赏

赏析

《渔歌子》赏析

张志和的词保存下来的只有《渔歌子》五首，这是其中的第一首。

这首词的前两句勾勒出一幅江南风景长卷。首句“西塞山前白鹭飞”点明地点。白鹭是一种叫作鹭鸶的水鸟，是自由、闲适的象征，这里写白鹭自在地飞翔，来衬托渔父的悠闲自得的生活状态。

第二句“桃花流水鳜鱼肥”点出正是江南水乡最美好的季节。南方每年二三月间，桃花盛开，天气暖和，雨水比冬天多，下几场春雨，河水就会上涨，于是逆水而上的鱼群便多起来了。诗人没有简单地说春汛到来，而是用“桃花流水鳜鱼肥”来进行侧面描写，这就更能勾起读者的想象，使读者似乎看见了两岸盛开的红艳艳的桃花、河水陡涨时江南特有的鳜鱼不时跃出水面的画面。同时，通过春汛的到来，暗示渔夫也要开始忙碌了。

最后三句“青箬笠，绿蓑衣，斜风细雨不须归”写的就是忙碌的渔夫。“箬笠”是指用竹丝和青色箬竹叶编成的斗笠。“蓑衣”是指用植物的茎叶或皮制成的雨衣。“不须归”是说渔夫忙起来顾不上回家。诗人在词里虽然只是概括地叙述了渔夫捕鱼的生活，但是，读者可以通过自己的想象，体会到词的言外之意。即从渔翁头戴箬笠，身披蓑衣，在斜风细雨里捕鱼来不及回家，便可体会到渔夫捕鱼时的愉快心情。

这首词构思巧妙，意境优美，语言生动，格调清新，在描写秀丽的水乡风光和理想化的渔夫的生活中，寄托了作者爱自由、爱自然的情怀，是千古流传之作。

随学随练

渔歌子

张志和

西塞山前白鹭飞，桃花流水鳜鱼肥。青箬笠，绿蓑衣，斜风细雨不须归。

卜算子・黄州定惠院寓居作

［北宋］苏轼

倾听细酌

这首词是苏轼贬居黄州后的抒怀之作。词借咏孤雁夜飞抒写诗人政治失意的孤寂忧愤之情，表现诗人不同流俗、清高自守的品格。请扫描二维码，倾听该词的朗诵。

品读指导

缺月挂疏桐，漏断①人初静。时见幽②人独往来，缥缈③孤鸿影。
惊起却回头，有恨无人省④。拣尽寒枝不肯栖，寂寞沙洲⑤冷。

注释

① 漏断：夜深。
② 幽：幽居。
③ 缥缈：隐隐约约，若有若无。
④ 无人省：没有人理解。省，理解。
⑤ 沙洲：江河中由泥沙淤积而成的陆地。

译文

弯弯的勾月悬挂在疏落的梧桐树上，夜阑人静，漏壶的水早已滴光。幽居的人还在独自走来走去，这时天边仿佛掠过孤雁缥缈的身影。

黑夜中孤雁像是受到了惊吓，骤然飞起，并频频回头，仿佛内心藏有无人理解的无限幽恨。它不断于寒冷的树枝间逡巡，然而不肯栖息于任何一棵树上，最后只能寂寞地降落在清冷的沙洲上。

作品鉴赏

赏析

在这首词中，诗人借月夜孤鸿这一形象托物寓怀，表达了自己孤高自许、蔑视流俗的心境。

词的上阕写深夜院中所见的景色。“缺月挂疏桐，漏断人初静。”营造了一种夜深人静、月挂疏桐的孤寂氛围，渲染出一种孤高的境界，为下文“幽人”“孤鸿”的出场作铺垫。接下来的两句，“时见幽人独往来，缥缈孤鸿影”，写周围是那么宁静幽寂，在万物入梦的此刻，又有谁像自己这样在月光下孤寂地徘徊，孤单得像一只掠过天穹的大雁呢？这两句通过对人、鸟形象的对应、嫁接，强化了“幽人”的超凡脱俗，极富象征意味和诗意之美。

下阕更是把“鸿”“人”同写。“惊起却回头，有恨无人省”，这两句是直写自己孤寂的心境。人在孤独的时候，总会四顾，然而找到的却是更多的孤独。又有谁能理解自己孤独的心呢？世无知音，孤苦难耐，情何以堪？最后两句“拣尽寒枝不肯栖，寂寞沙洲冷”，作者借孤鸿的不幸遭遇，表达了自己贬谪黄州时期的孤寂处境和高洁自许、不愿随波逐流的心境。

随学随练

卜算子·黄州定惠院寓居作

苏轼

《卜算子·黄州定惠院寓居作》书写欣赏

缺月挂疏桐，漏断人初静。时见幽人独往来，缥缈孤鸿影。

惊起却回头，有恨无人省。拣尽寒枝不肯栖，寂寞沙洲冷。

鹧鸪天·桂花

［南宋］李清照

倾听细酌

《鹧鸪天·桂花》朗诵

不同诗人笔下的桂花形象各不相同，均饱含了诗人的真挚情感，这首《鹧鸪天·桂花》将花与情完美结合，使读者无法分清到底是桂花撩动了诗人的情思，还是诗人的感情恰好寄托在桂花树上。请扫描二维码，跟随朗诵一起揣摩李清照的感情。

品读指导

暗淡轻黄体性柔，情疏迹远只香留。何须浅碧深红色，自是花中第一流。

梅定妒，菊应羞，画阑开处冠中秋①。骚人②可煞③无情思④，何事⑤当年不见收。

作者简介

李清照（1084—1155），号易安居士，齐州章丘（今山东章丘）人。宋代（南北宋之交）女词人，婉约词派的代表人物，有“千古第一才女”之称。李清照出身于书香门第，早期生活优裕，其父李格非藏书甚富，她小时候就在良好的家庭环境中打下了文学基础。出嫁后与夫赵明诚共同致力于书画金石的搜集整理。后来金兵入据中原时，她流寓南方，境遇孤苦。

注释

① 画栏开处冠中秋：这里化用李贺《金铜仙人辞汉歌》中的“画栏桂树悬秋香”，谓桂花为中秋时节首屈一指的花木。

② 骚人：楚人，指屈原。

③ 可煞：疑问词，可是。

④ 情思：情意。

⑤ 何事：为何。

译文

淡黄色的桂花并不鲜艳，但体态轻盈。它于幽静之处默默地留给人香味。不需要具有名花的红碧颜色，桂花的色淡香浓，应属最好的。

（和桂花相比）梅花一定妒忌，菊花自当羞惭。桂花是秋天里百花之首，天经地义。可憾屈原对桂花不太了解，太没有情思了。不然，他在《离骚》中赞美过那么多花，为什么没有提到桂花呢？

作品鉴赏

赏析

咏物诗词一般以咏物抒情为主，很少用议论的形式来写。然而，李清照的这首咏桂词一反传统，以议论入词，又托物抒怀。

词的开头为“暗淡轻黄体性柔，情疏迹远只香留”，短短十四字却形神兼备，写出了桂花的独特风韵。上句重在赋“色”，兼及体性；下句重在咏怀，突出“香”字。色黄而冠之以“轻”，再加上“暗淡”二字，说明它不以明亮炫目的光泽和浓艳娇媚的颜色取悦于人。这两句是说桂花虽色淡光暗，却秉性温雅柔和，像一位恬静的淑女，自有其独特的动人风韵，令人爱慕不已；同时，它又情怀疏淡，远迹深山，唯将浓郁的芳香常飘人间，犹如一位隐居的君子，以其高尚的德行情操，赢得了世人的敬佩。

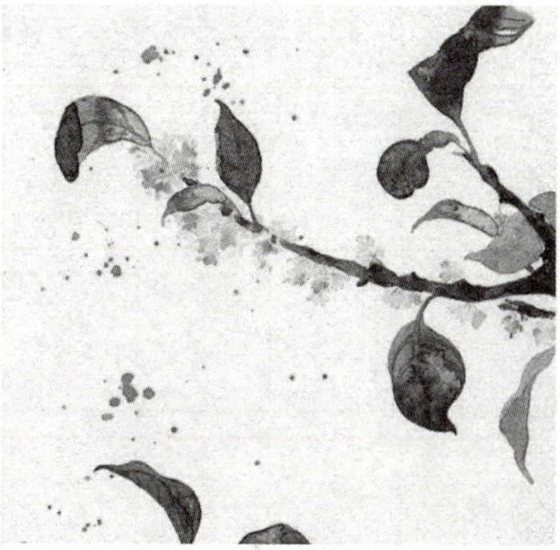

词的前两句咏物结束后，下文便转入议论。“何须浅碧深红色，自是花中第一流”为第一层议论，反映了李清照的审美观，她认为品格的美、内在的美尤为重要。“何须”二字，把仅以“色”美取胜的群花一笔宕开，而推出色淡香浓、迹远品高的桂花，断定它是“花中第一流”。

“梅定妒，菊应羞，画栏开处冠中秋”为第二层议论。这一层是说连李清照一生酷爱的梅花在“暗淡轻黄体性柔”的桂花面前，也不能不油然而生忌妒之意；而诗人颇为称许的菊花也只能掩面含羞，自叹弗如。接着又从节令上着眼，称桂花为中秋时节的花中之冠。

“骚人可煞无情思，何事当年不见收”为第三层议论。传说屈原当年作《离骚》时，遍收名花珍卉，以喻君子修身美德，唯独桂花不在其列。因此，李清照很为桂花抱屈，故毫不客气地批评了这位先贤，说他情思不足，竟把香冠中秋的桂花给遗漏了，实乃一大遗憾。

李清照的这首咏物词，咏物而不滞于物，或以群花作比，或以梅菊陪衬，或评骘古人，从多层次的议论中，形象地展现了她那超尘脱俗的美学观点与对桂花由衷的赞美和崇敬。这首词显示了词人卓尔不群的审美品位，值得用心品味。

随学随练

鹧鸪天·桂花

李清照

暗淡轻黄体性柔，情疏迹远只香留。何须浅碧深红色，自是花中第一流。

梅定妒，菊应羞，画阑开处冠中秋。骚人可煞无情思，何事当年不见收。

卜算子·咏梅

［南宋］陆游

倾听细酌

《卜算子·咏梅》朗诵

陆游的一生可谓是充满坎坷，他曾因力主用兵而被两次罢官，可即便如此，他依然矢志报国，坚贞不屈。这种情怀和节操在他的诗词中得到了充分的体现。他的《卜算子·咏梅》是以梅寄志的代表性作品。词中那“零落成泥碾作尘，只有香如故”的梅花，是陆游一生对恶势力不懈的抗争精神和对理想坚贞不渝的品格的形象写照。请扫描二维码倾听这首词的朗诵。

品读指导

驿外①断桥②边，寂寞③开无主④。已是黄昏独自愁，更⑤著⑥风和雨。
无意苦⑦争春⑧，一任⑨群芳⑩妒。零落⑪成泥碾⑫作尘，只有香如故。

注释

① 驿（yì）外：指荒僻、冷清之地。驿，驿站，供驿马或官吏中途休息的专用建筑。
② 断桥：残破的桥。
③ 寂寞：孤单冷清。
④ 无主：自生自灭，无人照管和玩赏。
⑤ 更：又，再。
⑥ 著（zhuó）：同“着”，遭受，承受。
⑦ 苦：尽力，竭力。
⑧ 争春：与百花争奇斗艳。
⑨ 一任：全任，完全听凭；一，副词，全，完全，没有例外。任，动词，任凭。
⑩ 群芳：群花、百花。
⑪ 零落：凋谢，陨落。
⑫ 碾（niǎn）：轧烂，压碎。

译文

驿站之外的断桥边，梅花孤单寂寞地开放了，却无人过问、无人欣赏。暮色降临，梅花无依无靠，这已经够愁苦了，却又遭到了风雨的摧残。

梅花并不想费尽心思去争艳斗宠，对百花的妒忌与排斥也毫不在乎。即使凋零了，被碾作泥土，又化作尘土了，梅花依然和往常一样散发出缕缕清香。

作品鉴赏

赏析

陆游的这首《卜算子》以“咏梅”为题，咏物寓志，表达了自己孤高雅洁的志趣。陆游曾经称赞梅花“雪虐风饕愈凛然，花中气节最高坚”（《落梅》）。梅花如此清幽绝俗，出于众花之上，可是“如今”竟开在郊野的驿站外面破败不堪的“断桥”边，这里人迹罕至、寂寥荒寒，梅花也就备受冷落。从这一句可知诗人咏叹的梅既不是官府中的梅，也不是名园中的梅，而是一株生长在荒僻郊外的“野梅”。它既得不到应有的爱护，也得不到比尔的欣赏。随着四季的更迭，它默默地开了，又默默地凋落了。它孑然一身，四顾茫然——有谁肯一顾呢？“驿外断桥边，寂寞开无主”，首句是景语，第二句则是情语，“寂寞开无主”，诗人将自己的感情倾注于梅花身上。

戏说《卜算子·咏梅》

日落黄昏，暮色朦胧，这孑然一身、无人过问的梅花，何以承受这凄凉呢？它只有“愁”，而且是“独自愁”，这与上句的“寂寞”相呼应。驿外断桥、暮色、黄昏，原本梅花已是寂寞愁苦不堪，可叹更添凄风冷雨，孤苦之情更深一层。尽管环境如此冷峻，但梅花还是“开”了。

词的上阕集中写梅花的困难处境。从艺术手法上说，写愁时诗人没有用常见的比喻手法，而是用环境、时光和自然现象来烘托。诗人描写这么多“景物”，是为了表现梅花的“神致”。这四句可以说是“情景双绘”。让读者从一系列景物中感受到作者在特定环境下的心绪——愁，也让读者逐渐踏入作者的心境。

下阕托梅寄志。梅花开得最早，是它迎来了春天，但它却“无意苦争春”。春天百花怒放、争丽斗妍，而梅花却不去“苦争春”，凌寒先发，只有迎春、报春的赤诚。这一句从侧面讽刺了群芳。“一任群芳妒”，即使“群芳”有“妒心”，那也是它们自己的事情，就任它们去嫉妒吧。这里的“争春”，是暗喻人事；“妒”，也非草木所能有。这两句诗人是借梅花的不争表现出自己性格孤高，决不与争宠邀媚、阿谀逢迎之徒为伍的品格和不畏谗毁、坚贞自守的崚嶒傲骨。

最后两句“零落成泥碾作尘，只有香如故”，把梅花的“独标高格”再推进一层。前句承上阕的寂寞无主、风雨交侵等凄惨境遇。这句七个字四次顿挫：“零落”点出梅花不堪雨骤风狂的摧残，纷纷凋落了，这是第一层；“成泥”道出梅花落地与泥水混杂，不辩何者是花，何者是泥，这是第二层；“碾”字突出摧残者的无情和被摧残者的凄惨，这是第三层；“作尘”是结果，讲述梅花被摧残、被践踏而化作了灰尘，这是第四层。这一句形象地道出梅花的悲惨命运，令人不敢去想象。但诗人的目的绝不是单为写梅花的悲惨遭遇，引起人们的同情。从写作手法上来说，这一句仍是铺垫，是蓄势，是为了把下句的词意推上最高峰。虽说梅花凋落了，被践踏成泥土了，被碾成尘灰了，但它那“别有韵致”的香味，却永远“如故”，一丝一毫也不会改变。最后这句有扛鼎之力，它振起全篇，把前面梅花遭受风雨侵凌、凋残零落的不幸处境，以及成泥作尘的凄凉、衰飒、悲戚等，一股脑儿都抛到了九霄云外。

学思践悟

陆游以梅花自比，表现出孤芳自赏的凄凉情调。词中的梅花虽然清香无比，但为“群芳”所妒，更兼“风”“雨”的摧残，最后“零落成泥碾作尘”，只有清香依旧。这里的梅花无疑是陆游自己的处境与人品的写照，字里行间既体现了他不愿苟合于流俗的清高孤傲，又表达了他遭遇打击后的凄凉与无奈。时代的悲剧，个人的不幸，使陆游这首词蒙上了深重的阴影。

随学随练

卜算子·咏梅

陆游

《卜算子·咏梅》书写欣赏

驿外断桥边，寂寞开无主。已是黄昏独自愁，更著风和雨。

无意苦争春，一任群芳妒。零落成泥碾作尘，只有香如故。

墨 梅[1]

［元］王冕

倾听细酌

梅、兰、竹、菊作为花中四君子，千百年来以其清雅淡泊的品质，一直为世人所钟爱，且成为高洁的人格品性的象征。古今往来，不少文人墨客都借梅、兰、竹、菊来表达他们对高尚的道德情操的推崇。请扫描二维码倾听朗诵，体会王冕借梅花自喻表达出的情怀。

《墨梅》朗诵

品读指导

我家[2]洗砚[3]池头树，朵朵花开淡墨[4]痕。
不要人夸颜色好，只留清气[5]满乾坤[6]。

作者简介

王冕（1287—1359），字元章，号煮石山农，浙江诸暨人。元代著名诗人、文学家、书法家、画家。著有《竹斋集》《墨梅图题诗》等。

注释

① 墨梅：水墨画的梅花。

② 吾家：我家。

③ 洗砚池：写字、画画后洗笔洗砚台的池子。

④ 淡墨：水墨画中将墨色分为清墨、淡墨、浓墨、焦墨四种。这里是说那朵朵盛开的梅花，是用淡淡的墨迹点而化成的。

⑤ 清气：梅花的清香之气，也暗喻人清高自爱的品格。

⑥ 满乾坤：弥漫在天地间。满，弥漫。乾坤，指人间、天地间。

译文

我家洗砚池边有一棵梅树，朵朵梅花都似乎是洗笔后淡墨留下的痕迹。它并不需要别人去夸赞它的颜色，只是要让清淡的香气充满天地之间。

作品鉴赏

赏析

名家点评《墨梅》

这是一首题画诗。诗人赞美墨梅不求人夸而只愿给人间留下清香的美德，实际上是借梅自喻，表达自己不向世俗献媚的人生态度。

开头两句“吾家洗砚池头树，朵朵花开淡墨痕”，直接描写墨梅。画中小池边的梅树，花朵盛开，朵朵梅花都是用淡淡的墨水点染而成的。“洗砚池”，化用王羲之“临池学书，池水尽黑”的典故。诗人与晋代书法家王羲之同姓，故说“我家”。

三、四句“不要人夸颜色好，只留清气满乾坤”，盛赞墨梅的高风亮节。它由淡墨画成，外表虽然并不娇艳，但具有神清骨秀、高洁端庄、幽独超逸的内在气质；它不想用鲜艳的色彩去吸引人、讨好人，求得人们的夸奖，只愿散发一股清香，让它留在天地之间。这两句正是诗人的自我写照。王冕自幼家贫，白天放牛，晚上到佛寺长明灯下苦读，终于学得满腹经纶，而且能诗善画，多才多艺。但他屡试不第，又不愿巴结权贵，于是绝意功名利禄，归隐浙东九里山，作画易米为生。这两句正表现了诗人鄙薄流俗、独善其身、孤芳自赏的品格。

这首诗题为“墨梅”，意在述志。诗人将画格、诗格、人格有机地融为一体。字面上在赞誉梅花，实际上是赞赏自己的立身之德。

随学随练

墨梅

王冕

《墨梅》书写欣赏

我家洗砚池头树，朵朵花开淡墨痕。不要人夸颜色好，只留清气满乾坤。

竹 石

［清］郑燮

倾听细酌

郑燮艺术造诣很高，被评为“诗书画三绝”。特别是他画的竹兰、山石，形象逼真，姿态万千。请扫描二维码，跟随朗诵一起感受他题写在竹石图上的古诗。

《竹石》朗诵

品读指导

咬定①青山不放松，立根②原在破岩③中。
千磨万击④还坚劲⑤，任⑥尔⑦东西南北风。

作者简介

郑燮（1693—1765），字克柔，号板桥，人称“板桥先生”，江苏兴化人。他政绩显著，后客居扬州，以卖画为生，为“扬州八怪”重要代表人物。郑板桥一生只画兰、竹、石，自称“四时不谢之兰，百节长青之竹，万古不败之石，千秋不变之人”。

注释

① 咬定：咬紧。
② 立根：扎根。
③ 破岩：裂开的山岩，即岩石的缝隙。
④ 千磨万击：指无数的磨难和打击。
⑤ 坚劲：坚强有力。
⑥ 任：任凭，无论，不管。
⑦ 尔：你。

译文

竹子抓住青山一点也不放松，它的根牢牢地扎在岩石缝中。

经历成千上万次的磨难和打击，它依然那么坚强，不管是酷暑的东南风，还是严冬的西北风，它都能经受得住，一直保持坚忍挺拔。

作品鉴赏

赏析

这是一首借物喻人、托物言志的诗，也是一首题画诗。诗中着力表现竹子顽强而又执着的品质，同时借竹子的坚忍顽强，表现自己刚正不阿、正直不屈的骨气。

诗的第一句“咬定青山不放松”，首先把一个挺立峭拔的、牢牢扎根青山岩缝的翠竹形象展现在读者面前。一个“咬”字使竹子人格化。“咬”是一个主动的、需要付出力量的动作。诗人用这个字不仅写出了翠竹紧紧附着青山的情景，更表现出了竹子那种不畏艰辛、与大自然抗争、顽强生存的精神。第二句“立根原在破岩中”紧承上句，道出了翠竹能傲然挺立于青山之上的基础是它深深扎根在破裂的岩石之中。在这两句诗里，竹、石形成一个浑然的整体，无石竹不挺，无竹石不青。同时，这两句诗也说明了一个简单而深刻的哲理，即根基深，力量才强。

后两句诗“千磨万击还坚劲，任尔东西南北风”中，诗人用“千”“万”两字写出了竹子那种坚忍无畏、从容自信的神态，用一个“任”字生动、准确描写出竹子凛风而立的英雄气概，全诗的意境顿然而出。

随学随练

竹石

郑燮

咬定青山不放松，立根原在破岩中。千磨万击还坚劲，任尔东西南北风。

拓展阅读

萤　火

[唐] 杜甫

幸因腐草出，敢近太阳飞。
未足临书卷，时能点客衣。
随风隔幔小，带雨傍林微。
十月清霜重，飘零何处归。

菊　花

[唐] 元稹

秋丛绕舍似陶家，遍绕篱边日渐斜。
不是花中偏爱菊，此花开尽更无花。

早　雁

[唐] 杜牧

金河秋半虏弦开，云外惊飞四散哀。
仙掌月明孤影过，长门灯暗数声来。
须知胡骑纷纷在，岂逐春风一一回？
莫厌潇湘少人处，水多菰米岸莓苔。

蜂

[唐] 罗隐

不论平地与山尖，无限风光尽被占。
采得百花成蜜后，为谁辛苦为谁甜。

杏　花

［北宋］王安石

石梁度空旷，茅屋临清炯。
俯窥娇饶杏，未觉身胜影。
嫣如景阳妃，含笑堕宫井。
怊怅有微波，残妆坏难整。

水龙吟·次韵章质夫杨花词

［北宋］苏轼

似花还似非花，也无人惜从教坠。抛家傍路，思量却是，无情有思。萦损柔肠，困酣娇眼，欲开还闭。梦随风万里，寻郎去处，又还被、莺呼起。

不恨此花飞尽，恨西园、落红难缀。晓来雨过，遗踪何在？一池萍碎。春色三分，二分尘土，一分流水。细看来，不是杨花，点点是、离人泪。

石灰吟

［明］于谦

千锤万凿出深山，烈火焚烧若等闲。
粉身碎骨全不怕，要留清白在人间。

临江仙·寒柳

［清］纳兰性德

飞絮飞花何处是，层冰积雪摧残，疏疏一树五更寒。爱他明月好，憔悴也相关。

最是繁丝摇落后，转教人忆春山。湔裙梦断续应难。西风多少恨，吹不散眉弯。

借古咏怀篇

探渊索珠——寄托壮志

借古咏怀，顾名思义，是指凭借、利用古代的人或事，吟咏抒发自己的情怀。诗人常以“怀古”“凭吊”等题目吟咏歌赋，抒发或喜或忧，或悲或伤的情调，以此寄托壮志，发泄情绪。

这类诗歌的情感寄托可分为两个层面，即国家层面(悲兴亡和伤时弊)和个人层面(述己志和叹身世)。

国家层面的“悲兴亡”是指诗人借古抒发昔盛今衰、物是人非的感慨；“伤时弊”是指诗人通过借古讽今的手法，用前朝世态之炎凉、过往君主之昏庸来影射当朝，从而揭示统治者的腐朽无能，同情百姓的疾苦。例如，刘禹锡《乌衣巷》中的王、谢两大门阀士族已繁华落尽，荡然无存，留下的仅仅是满目苍凉的斜阳野草。又如，王安石用《桂枝香·金陵怀古》慨叹六朝的统治阶层由于“豪华竞逐”而最终“悲恨相续”，讽刺现实的意味跃然纸上。

个人层面的“述己志”是指诗人缅怀古人，渴望像古人一样建功立业；“叹身世”是指感慨时间流逝，人生易老，壮志难酬。例如，辛弃疾的《永遇乐·京口北固亭怀古》连用五个典故，表达了自己报效国家的强烈愿望和对宋室不能尽用人才的慨叹。又如，杜甫的《咏怀古迹（其三）》借昭君的不幸，抒写自己的怀抱。

本篇将详细讲述陶渊明的《咏荆轲》、李白的《登金陵凤凰台》、杜甫的《蜀相》、杜牧的《赤壁》《泊秦淮》、辛弃疾的《永遇乐·京口北固亭怀古》这六首诗，让我们走进历史，跟随诗人的思绪，感受时光荏苒，沧海桑田，感受诗人的体悟、思考与追求。

咏荆轲

［晋］陶渊明

倾听细酌

本诗取材于《史记·刺客列传》。燕太子丹曾在秦国当人质，他逃回本国后，就招募勇士，图谋复仇。荆轲原为卫国人，被人推荐给太子丹，很受优待。当强秦危及燕国之际，荆轲奉命前往秦国刺杀秦王。临行前，太子率众人穿着素服送荆轲至易水，高渐离击筑悲歌，荆轲应和道："风萧萧兮易水寒，壮士一去兮不复还！"随后，就车直去，义无反顾。荆轲至秦后，以匕首刺秦王，但未中，后来被秦王杀。随后，荆轲刺秦王的故事便流传开来，荆轲也成为一个"士为知己者死"的典型。

陶渊明所处的年代社会动荡、王朝更迭频繁，他亲历了各种变乱，所以他选择这样一位敢于舍身除暴的英雄加以歌咏，抒发自己对黑暗政治、强暴势力的憎恶和铲强除暴的愿望。请扫描二维码倾听《咏荆轲》这首诗。

品读指导

燕丹①善养士，志在报②强嬴③。
招集百夫良④，岁暮得荆卿⑤。
君子死知己⑥，提剑出燕京。
素骥⑦鸣广陌，慷慨⑧送我行。
雄发指危冠⑨，猛气冲长缨⑩。
饮饯⑪易水⑫上，四座列群英。
渐离⑬击悲筑，宋意⑭唱高声。
萧萧⑮哀风逝，淡淡⑯寒波生。
商音⑰更流涕，羽奏⑱壮士惊。
心知去不归，且⑲有后世名⑳。
登车何时顾，飞盖㉑入秦庭。
凌厉㉒越万里，逶迤㉓过千城。
图穷㉔事自至，豪主正怔营㉕。

惜哉剑术疏㉖，奇功㉗遂㉘不成。
其人㉙虽已没，千载有余情。

注释

① 燕丹：燕国太子，名丹。
② 报：报复，报仇。
③ 强嬴：强秦。嬴指秦王嬴政，即后来统一六国始称皇帝的秦始皇。
④ 百夫良：即许多武士中的杰出者。百，成数，泛指。
⑤ 荆卿：荆轲。
⑥ 死知己：为知己而死。
⑦ 素骥：白色骏马。
⑧ 慷慨：情绪激昂。
⑨ 冠：帽子。
⑩ 缨（yīng）：绳。此处指系帽子的丝带。
⑪ 饮饯：饮酒送别。
⑫ 易水：在今河北省西部，源出易县境。
⑬ 渐离：高渐离，燕国人，擅长击筑（古时的一种乐器）。
⑭ 宋意：燕太子丹所养之士。
⑮ 萧萧：风声。
⑯ 淡淡：水波摇动的样子。
⑰ 商音：古代乐调分为宫、商、角、徵（zhǐ）、羽五个音阶，商音调凄凉。
⑱ 羽奏：演奏羽调。羽调悲壮激昂。
⑲ 且：将。
⑳ 名：指不畏强暴、勇于赴死的名声。
㉑ 飞盖：车子如飞般疾驰。盖，车盖，代指车。
㉒ 凌厉：意气昂扬，奋起直前的样子。
㉓ 逶（wēi）迤（yí）：路途弯曲延续不绝的样子。
㉔ 图穷：地图展开至尽头。
㉕ 怔（zhèng）营：惊恐、惊慌失措的样子。
㉖ 剑术疏：剑术不精。
㉗ 奇功：指刺秦王之功。
㉘ 遂：竟。
㉙ 其人：指荆轲。

译文

燕国太子喜欢收养门客，目的是对秦国报仇雪恨。
他到处招集有本领的人，这一年年底募得了荆轲。
君子重义气为知己而死，荆轲仗剑就要辞别燕京。
白色骏马在大路上鸣叫，众人意气激昂为他送行。
个个同仇敌忾怒发冲冠，勇猛之气似要冲断帽缨。
易水边摆下盛大的别宴，就座的都是人中精英。
高渐离击筑筑声慷慨悲壮，宋意唱歌歌声响遏行云。
座席中吹过萧萧的哀风，水面上漾起淡淡的波纹。
唱到商音听者无不流泪，奏到羽音荆轲格外惊心。
他明知这一去不再回返，留下的姓名将万古长存。
登车而去何曾有所眷顾，飞车直驰那秦国的宫廷。
勇往直前行程超过万里，曲折行进所经何止千城。
翻完地图忽地现出匕首，秦王一见不由胆颤心惊。
可惜呀！只可惜剑术欠佳，奇功伟绩竟然未能完成。
荆轲其人虽然早已死去，他的精神永远激励后人。

作品鉴赏

赏析

《咏荆轲》是一首气壮山河，忠义喷发的借古咏怀诗。诗人通过对荆轲的歌咏，表达了强烈的爱憎情感，亦将对现实的满腔忠愤倾泻于字里行间。

这首诗按照事件的经过，描写了出京、饮饯、登程、搏击四个场面，尤其着力于对人物动作的刻画，塑造了一个大义凛然的除暴英雄形象。例如，“提剑出燕京”，写出了荆轲仗剑行侠的英姿；“雄发指危冠，猛气充长缨”，更以夸张的笔法写出荆轲义愤填膺、热血沸腾的神态。“登车何时顾”四句，排比而下，一气贯注，更写出了荆轲义无反顾的勇猛气概。同时，诗中虽没有正面写刺秦王的场面，但从“豪主正怔营”一句，可以想象荆轲拔刀行刺之时的那股令风云变色的虎威。

此外，这首诗还通过环境气氛的渲染来烘托荆轲的精神面貌。例如，诗人精心描写了易水饮饯的场景。在秋风中、滔滔的易水上，回荡着激越悲壮的乐声，“悲筑”“高声”“哀风”“寒波”相互激发，极其强烈地表现出“壮士一去兮不复还”的英雄主题。朱熹曾说：“陶渊明诗，人皆说是平淡，据某看他自豪放，但豪放得来不觉耳。其露出本相者，是《咏荆轲》一篇。”这是很中肯的评价。

作者以有限的篇幅和淋漓的笔墨，再现了雄姿勃勃的荆轲形象，也表现出作者人物剪裁的功力与创造的才能。

随学随练

咏荆轲

陶渊明

燕丹善养士，志在报强嬴。招集百夫良，岁暮得荆卿。君子死知己，提剑出燕京。素骥鸣广陌，慷慨送我行。雄发指危冠，猛气冲长缨。饮饯易水上，四座列群英。渐离击悲筑，宋意唱高声。萧萧哀风逝，淡淡寒波生。商音更流涕，羽奏壮士惊。心知去不归，且有后世名。登车何时顾，飞盖入秦庭。凌厉越万里，逶迤过千城。图穷事自至，豪主正怔营。惜哉剑术疏，奇功遂不成。其人虽已没，千载有余情。

登金陵凤凰台[①]

［唐］李白

倾听细酌

李白素有“济苍生，安社稷”的壮志，但直道难行，天宝三年因遭奸佞馋毁而被迫离开长安，到各地漫游，随后他来到金陵名胜凤凰台，触物兴怀写下了这首七律诗。此诗气韵高古，格调悠远，体现了李白诗歌以气夺人的艺术特色。请扫描二维码倾听这首诗的朗诵。

《登金陵凤凰台》朗诵

品读指导

凤凰台上凤凰游，凤去台空江[②]自流。
吴宫[③]花草埋幽径，晋代衣冠[④]成古丘[⑤]。
三山[⑥]半落青天外[⑦]，二水[⑧]中分白鹭洲[⑨]。
总为浮云能蔽日[⑩]，长安[⑪]不见使人愁。

注释

① 凤凰台：亭台名，在金陵凤凰山上。

② 江：长江。

③ 吴宫：三国时孙吴曾于金陵建都筑宫。

④ 衣冠：原指衣服和礼帽，本文指的是东晋文学家郭璞的衣冠冢。一说借指世族士绅、达官贵人、社会名流。

⑤ 成古丘：晋明帝当年为郭璞修建的衣冠冢非常豪华，然而到了唐朝诗人来看的时候，已经成为一个丘壑了。

⑥ 三山：山名，三座无名小山。

⑦ 半落青天外：形容极远，看不大清楚。

⑧ 二水：指秦淮河流经南京后，西入长江，被横截其间的白鹭洲分为二支。

⑨ 白鹭洲：古代长江中的沙洲，因洲上多集白鹭而得名。现今已与陆地相连，位于今南京市秦淮区武定门北侧。

⑩ 浮云能蔽日：比喻谗臣当道障蔽贤良。浮云，比喻奸邪小人。

⑪ 长安：这里用京城指代朝廷和皇帝。

译文

凤凰台上曾经有凤凰来悠游，如今凤去台空只有江水依旧奔流。

当年华丽的吴王宫殿及其中的千花百草，如今都已埋没在荒凉幽僻的小径中，晋代多少王族已成荒冢古丘。

我站在台上，看着远处的三山，依然耸立在青天之外，江水被白鹭洲分成两条河流。那些悠悠浮云总是遮蔽太阳的光辉，登高不见长安城，怎么不让人内心沉痛忧郁。

作品鉴赏

赏析

《登金陵凤凰台》赏析

这首诗是李白登金陵凤凰台而创作的怀古抒情之作。全诗八句五十六字，以登临凤凰台的所见所感而起兴唱叹，把天荒地老的历史变迁与悠远飘扬的传说故事结合起来抒志言情，用以表达深沉的历史感喟与清醒的现实思索。

“凤凰台上凤凰游，凤去台空江自流。”开头两句写凤凰台的传说，十四字中连用了三个凤字，音节流转明快，读起来极其顺畅。凤凰台故址在今南京市凤凰山。相传，南朝刘宋元嘉年间有凤凰集于此山，乃筑台，山和台也由此得名。凤凰是一种祥瑞之兆。当年凤凰来游象征着王朝的兴盛；如今凤去台空，六朝的繁华也一去不复返，只有长江水仍然不停地流着。

“吴宫花草埋幽径，晋代衣冠成古丘。”诗人由眼前之景联想到六朝的繁华。三国时期的东吴和东晋，南朝的宋、齐、梁、陈，先后在金陵定都，故金陵有“六朝古都”之称。六朝时期，金陵达到空前的繁荣。可是，六朝虽繁荣却也短命，每个王朝的寿命平均约55年，其轮转之速，令人恍惚。如今看来，吴国曾经繁华的宫廷已经荒芜，东晋时代的风流人物也早已作古，六朝的繁华也如凤凰台一样消失在历史的淘浪中。

“三山半落青天外，二水中分白鹭洲。”诗人由抒情转为写景。诗人并没有一直沉浸在对历史的凭吊之中，而抽出思绪将目光投向了眼前的河山。三山在诗人眼前并列，矗立在缥缈的云雾之中，若隐若现，好似落在了青天之外；秦淮河西入长江，被白鹭洲横截，江水一分为二，形成两条河流。此两句气象壮丽，境界阔大，为尾联作了铺垫。

“总为浮云能蔽日，长安不见使人愁。”这两句寄寓着深意。长安是朝廷的所在，“日”

是帝王的象征。诗人借"浮云"暗示皇帝被奸邪包围，而自己报国无门，心情沉痛。"不见长安"暗点诗题的"登"字，触境生愁，意寓言外，饶有余味。

整体来说，《登金陵凤凰台》把历史典故、眼前景物和诗人自己的感受，交织在一起，抒发了忧国伤时的怀抱，具有强烈的现实意义。

随学随练

登金陵凤凰台

李白

凤凰台上凤凰游，凤去台空江自流。吴宫花草埋幽径，晋代衣冠成古丘。三山半落青天外，二水中分白鹭洲。总为浮云能蔽日，长安不见使人愁。

蜀　相①

［唐］杜甫

倾听细酌

诸葛亮是蜀国的丞相，是刘备的左右手。千古以来，诸葛亮以其不可测度的智慧、鞠躬尽瘁的精神，知其不可为而为之的意志，成为一个千古传颂的人物。请扫描二维码倾听朗诵，一起体会“诗圣”心中诸葛亮的形象。

品读指导

丞相祠堂②何处寻，锦官城③外柏森森④。
映阶碧草自春色，隔叶黄鹂空⑤好音。
三顾频烦⑥天下计，两朝开济⑦老臣心。
出师⑧未捷身先死，长使英雄泪满襟。

注释

① 蜀相：三国蜀汉丞相，指诸葛亮。
② 丞相祠堂：即诸葛武侯祠，现在成都。
③ 锦官城：成都的别名。
④ 柏森森：柏树茂盛繁密的样子。

⑤ 空：白白的。

⑥ 频烦：多次。

⑦ 两朝开济：指诸葛亮辅助刘备开创帝业，后又辅佐刘禅。两朝，刘备、刘禅父子两朝。开，开创。济，扶助。

⑧ 出师：出兵。

译文

何处去寻找武侯诸葛亮的祠堂？在成都城外那柏树茂密的地方。

碧草照映台阶自当显露春色，树上的黄鹂隔枝空对婉转鸣唱。

定夺天下先主曾三顾茅庐拜访，辅佐两朝开国与继业忠诚满腔。

可惜出师伐魏未捷而病亡军中，常使历代英雄们对此涕泪满裳！

作品鉴赏

赏析

这首诗分两部分，前四句凭吊丞相祠堂，从景物描写中感怀现实，透露出诗人忧国忧民之心；后四句咏叹丞相才德，从历史追忆中缅怀先贤，又蕴含着诗人对祖国命运的期盼与憧憬。

诗的首联以问答起句，“丞相祠堂何处寻？锦官城外柏森森。”一问一答中营造了浓郁的感情氛围，笼罩全篇。上句“丞相祠堂”直切题意，语意亲切而又饱含崇敬。“何处寻”，不疑而问，加强语势，并非到哪里去寻找的意思。诸葛亮在历史上颇受人民爱戴，尤其在四川成都，祭祀他的庙宇很容易找到。“寻”字之妙，在于它刻画出诗人那追慕先贤的执着感情和虔诚造谒的悠悠我思。下句“锦官城外柏森森”，指出诗人凭吊的是成都郊外的武侯祠。这里柏树成荫，高大茂密，呈现出一派静谧肃穆的气氛。柏树生命长久、常年不凋、高大挺拔，有象征意义，常被用作祠庙中的观赏树木。诗人抓住武侯祠内柏树这一景物，展现出柏树伟岸、葱郁、苍劲和质朴的形象特征，使人联想到诸葛亮的精神，不禁肃然起敬。

颔联“映阶碧草自春色，隔叶黄鹂空好音”描绘出武侯祠内春意盎然的景象。虽然春天来了，但朝廷中兴的希望却非常渺茫。想到这里，诗人不免又生惆怅，因此说是“自春色”“空好音”。诗人将自己的主观情感渗进客观景物之中，使景中生意，反映出诗人忧国忧民的精神。同时，透过这种精神的折射，诗人眼中的诸葛亮形象就更加光彩照人。

颈联“三顾频烦天下计，两朝开济老臣心”，浓墨重彩地高度概括了诸葛亮的一生。上句写诸葛亮出山之前，刘备三顾茅庐。诸葛亮当时就预见了魏蜀吴鼎足三分的政治形势，足见其济世雄才。下句写诸葛亮出山之后，辅助刘备开创蜀汉、匡扶刘禅，颂扬他为国呕心沥血的耿耿忠心。这两句将人们带到战乱不已的三国时代，在广阔的历史背景下，刻画出一位忠君爱国、济世扶危的贤相形象。怀古是为了伤今。此时，安史之乱尚未平定，国家分崩离析，人民流离失所，无一不使诗人忧心如焚。他渴望能有像诸葛亮一样的忠臣贤相匡扶社稷，整顿乾坤，恢复国家的和平统一。正是这种忧国思想凝聚成诗人对诸葛亮的敬慕之情；同时，在这一历史人物身上，诗人寄托了自己对国家命运的美好憧憬。

尾联“出师未捷身先死，长使英雄泪满襟”，咏叹了诸葛亮病死军中功业未成的历史不幸。诸葛亮赍志以殁的悲剧性结局无疑又是一曲生命的赞歌，他以行动实践了“鞠躬尽瘁，死而后已”的誓言。

随学随练

蜀相

杜甫

丞相祠堂何处寻，锦官城外柏森森。映阶碧草自春色，隔叶黄鹂空好音。

三顾频烦天下计，两朝开济老臣心。出师未捷身先死，长使英雄泪满襟。

赤壁

［唐］杜牧

倾听细酌

杜牧在观赏了古战场的遗物后，想到自己的遭遇，有感而发，写下了这首《赤壁》。诗人即物感兴，托物咏史，点明赤壁之战关系到国家存亡，社稷安危；同时暗指自己胸怀大志不被重用，以小见大。请扫描二维码倾听本诗的朗诵。

《赤壁》朗诵

品读指导

折戟①沉沙铁未销②，自将③磨洗④认前朝⑤。
东风⑥不与周郎⑦便，铜雀⑧春深锁二乔⑨。

注释

① 折戟：折断的戟。戟，古代兵器。
② 销：销蚀。
③ 将：拿起。
④ 磨洗：磨光洗净。
⑤ 认前朝：认出戟是东吴破曹时的遗物。
⑥ 东风：这里指借力东风。
⑦ 周郎：指周瑜，字公瑾，年轻时即有才名，人乎周郎。
⑧ 铜雀：即铜雀台，曹操在今河北省临漳县建造的一座楼台。
⑨ 二乔：东吴乔公的两个女儿，大乔嫁给孙策，小乔嫁给周瑜，合称“二乔”。

译文

赤壁的泥沙中，埋着一枚未锈尽的断戟。自己拿回磨洗后发现这是当年赤壁之战的遗留之物。

倘若不是东风给周瑜以方便，结局恐怕还是个未知数。

作品鉴赏

赏析

这是诗人凭吊赤壁古战场有感而发所写的咏史诗。

“折戟沉沙铁未销，自将磨洗认前朝。”这两句的描写看似平淡实为不平。沙里沉埋着断戟，点出了此地曾有过历史风云。战戟折断沉入沙土却未被销蚀，暗寓着岁月流逝而物是人非之慨。正是由于发现了这一件沉埋六百多年的“折戟”，使得诗人思绪万千，浮想联翩，为后文抒怀作了很好的铺垫。

“东风不与周郎便，铜雀春深锁二乔。”这两句是说假如东风不给周瑜以方便，结局恐怕是曹操取胜，二乔也会因此被关进铜雀台。

杜牧一反传统的同情吴、蜀的政治倾向，认为若不是东风给周瑜方便，胜者就可能是曹操，历史将要重写。从不被人怀疑的地方提出疑问，引起议论，反映出他敏锐的历史眼光和独到的见解。不直言站在之胜败而说“铜雀春深锁二乔”。把硝烟弥漫的战争的胜负，把如此重大的历史事件写得如此风流蕴藉，非杜牧不能。

此外，杜牧还曲折地反映出他的抑郁不平和豪爽胸襟。感叹历史上英雄成名的机遇，是因为他自己生不逢时，有政治军事才能而不得一展。它似乎还有一层意思：只要有机遇，相信自己总会有作为，显示出一种逼人的自信和英气。

随学随练

赤壁

杜牧

折戟沉沙铁未销，自将磨洗认前朝。东风不与周郎便，铜雀春深锁二乔。

泊秦淮[1]

［唐］杜牧

倾听细酌

《泊秦淮》借助一首歌曲，寄寓兴亡之感。全诗二十八个字，既有对历史的深刻思考，又有对现实的深切隐忧；立意出奇，史识高绝；语言凝练，含蓄深沉，不愧是唐诗中的精品。请扫描二维码倾听歌曲，感受诗句中的情感。

诗歌传唱：《泊秦淮》

品读指导

烟[2]笼寒水月笼沙，夜泊[3]秦淮近酒家。
商女[4]不知亡国恨，隔江犹唱后庭花[5]。

注释

① 秦淮：即秦淮河。

② 烟：烟雾。

③ 泊：停泊。

④ 商女：以卖唱为生的歌女。

⑤ 后庭花：歌曲《玉树后庭花》的简称。南朝陈皇帝陈叔宝（即陈后主）溺于声色，作此曲与后宫美女寻欢作乐，终致亡国，后世便把此曲作为亡国之音的代表。

译文

浩渺寒江之上弥漫着迷蒙的烟雾，皓月的清辉洒在白色沙渚之上。入夜，我将小舟泊在秦淮河畔，临近酒家。

金陵歌女似乎不知何为亡国之恨、黍离之悲，竟依然在对岸吟唱着淫靡之曲《玉树后庭花》。

作品鉴赏

赏析

诗一开始扣住题目写“泊秦淮”所见。他夜泊秦淮，只见夜色迷朦，轻烟般的水雾飘浮在秦淮河上，仿佛把河面笼罩住了。月光下沙岸上一片朦胧，也仿佛被清冷如水的月色笼罩住了。两个“笼”字用得极好，把一片凄迷夜色的氛围给点染出来了。这一句之所以得到历代诗评家们的赞美，首先大概因为它以流丽婉转的语言描写鲜明的形象，创造了一种淡雅、轻幻的画意的美。这也是夜泊秦淮所见凄迷景色的第一感受。细加体味可以知道它还有更深的心理感受。同样是客夜泊舟于烟水朦胧之中，孟浩然有《宿建德江》：“移舟泊烟渚，日暮客愁然。野旷天低树，江清月近人。”写客愁孤独因而江中明月反而与客愁之人亲近，寂寞的愁心因而得到一点慰藉。同样写迷朦的月夜美景，《春江花月夜》也有句：“空里流霜不觉飞，江上白沙看不见。”这是一种流畅飞动而明净纯美的境界，淡淡的感伤中带着憧憬，带有青春的气息。这都是杜牧诗所没有的。从杜牧诗句感受到的，除了那淡雅、轻缈的美之外，总觉得有一种莫名的惆怅，迷朦中带着神秘、茫然，轻缈中交织着虚幻，而且这惆怅、迷朦之感仿佛随着那轻缈的月色水雾弥漫开来。笼罩于整个画面的，就是这样一个感情氛围。其原因作者虽然没有明说，但人们却可以从第二句“夜泊秦淮近酒家”中得到暗示。秦淮河两岸为金陵繁华地带。金陵为六朝旧都，面对秦淮夜景，六朝兴亡之事总会轻轻地触动客子的心绪，使他惆怅、迷茫。但是，诗人并非特意凭吊古迹，因此这种感触只飘飘悠悠、迷迷朦朦地笼罩心头，如那江面上轻缈的水雾一般。

进一步引发诗人思绪的是商女的歌声。商女指歌女。杜牧泊秦淮而近酒家，听到河上或一船中传来歌女唱《玉树后庭花》之声，顿然引发感慨。陈寅恪先生谓：“牧之此诗，所谓隔江者，指金陵与扬州二地而言。此商女当即扬州之歌女而在秦淮商人舟中者。夫金陵，陈之国都也。《玉树后庭花》，陈后主亡国之音也。来自江北扬州歌女，不解陈亡之恨，在其江南旧都之地，尚唱靡靡遗音。牧之闻其歌声，因为诗以咏之耳。”（《元白诗笺证稿》）陈先生所言极是。此舟中歌女之靡靡歌声，在如梦如幻的迷朦江面上传来，便把杜牧蕴藏于心的兴亡之感一下子触动起来了。唐代诗人对这支曲子是极为敏感的，刘禹锡诗曾写道：“万户千门成野草，只缘一曲后庭花。”（《台城》）杜牧也一样。这触动起来的兴亡之感，其实寓有很强烈的对现实衰败的慨叹。眼前的歌声仿佛当年陈后主的伎乐之声，是历史的幻景，但又分明在目前，是现实。历史与现实交错一体，历史上的人与现实中的人均醉生梦死，唐王朝已经衰败了，而人们不悟，尚沉迷于声色之中，此乃令牧之惆怅的原因。咏史只是轻轻带过，侧重写现实感受，把历史感与现实感融为体，并且着力渲染弥漫于全诗的迷朦惆怅气氛，便是此诗的特点。

随学随练

泊秦淮

杜牧

《泊秦淮》书写欣赏

烟笼寒水月笼沙，夜泊秦淮近酒家。商女不知亡国恨，隔江犹唱后庭花。

永遇乐·京口[①]北固亭怀古

［南宋］辛弃疾

倾听细酌

豪放派词人辛弃疾，一生致力于抗金，收复中原，但不被统治者重用。某天，辛弃疾登上京口北固亭，借着惊涛骇浪的赤壁抒发了心中的感慨。请扫描二维码倾听朗诵，感受这首词中佳作。

《永遇乐·京口北固亭怀古》朗诵

品读指导

千古江山，英雄无觅、孙仲谋[②]处。舞榭歌台，风流总被，雨打风吹去。
斜阳草树，寻常巷陌，人道寄奴[③]曾住。
想当年，金戈铁马，气吞万里如虎。
元嘉[④]草草[⑤]，封狼居胥[⑥]，赢得仓皇北顾。四十三年[⑦]，望中犹记，烽火扬州路。
可堪回首，佛狸祠[⑧]下，一片神鸦[⑨]社鼓[⑩]。
凭谁问，廉颇[⑪]老矣，尚能饭否？

作者简介

辛弃疾（1140—1207），字幼安，号稼轩，历城（今山东济南）人，南宋文学家，豪放派词人、将领，有“词中之龙”之称。与苏轼合称苏辛，与李清照并称“济南二安”。辛弃疾生于金国，二十一岁抗金归宋，历任湖北、江西、湖南、福建、浙东安抚使等职。任职期间，他采取积极措施，召集流亡，训练军队，奖励耕战，打击贪污豪强，注意安定民生。其一生坚决主张抗金，以恢复为志。但他所提出的抗金建议均未被采纳，并遭到主和派的打击。其词艺术风格多样，以豪放为主，风格沉雄豪迈又不乏细腻柔媚之处。现存诗词六百多首，作品集有《稼轩长短句》。

注释

① 京口：古城名，今江苏镇江。因临京岘山、长江口而得名。

② 孙仲谋：指三国时的吴王孙权（182—252），其字仲谋，三国时期吴国的开国皇帝，曾建都京口。

③ 寄奴：南朝宋武帝刘裕小名。刘裕（363—422），字德舆，小名寄奴，先祖是彭城人（今江苏徐州市），后来迁居到京口（今江苏镇江市），南北朝时期宋朝的建立者，史称宋武帝。中国历史上杰出的政治家、卓越的军事家。

④ 元嘉：刘裕子刘义隆年号。

⑤ 草草：轻率。

⑥ 封狼居胥：汉武帝元狩四年（前 119）霍去病远征匈奴，歼敌七万余，封狼居胥山而还。狼居胥山，在今蒙古境内。词中用“元嘉北伐”失利事，以影射南宋“隆兴北伐”。

⑦ 四十三年：作者于宋高宗绍兴三十二年（1162）南归，到写该词时正好为四十三年。

⑧ 佛狸祠：北魏太武帝拓跋焘小名佛狸。公元 450 年，他曾反击刘宋，两个月的时间里，兵锋南下，五路远征军分道并进，从黄河北岸一路穿插到长江北岸，并在长江北岸瓜步山建立行宫，即后来的佛狸祠。

⑨ 神鸦：指在庙里吃祭品的乌鸦。

⑩ 社鼓：祭祀时的鼓声。

⑪ 廉颇：战国时赵国名将。

译文

历经千古江山，再也难以找到像孙权那样的英雄。当年的舞榭歌台还在，英雄人物却随着岁月的流逝早已不复存在。斜阳照着长满草树的普通小巷，人们说那是当年刘裕曾经住过的地方。回想当年，他领军北伐、收复失地的时候是何等威猛！

然而刘裕的儿子刘义隆好大喜功，仓促北伐，反而让北魏太武帝拓跋焘乘机挥师南下，兵抵长江北岸而返，遭到对手的重创。我回到南方已经有四十三年了，看着中原仍然记得扬州路上烽火连天的战乱场景。怎能回首啊，当年拓跋焘的行宫外竟有百姓在那里祭祀，乌鸦啄食祭品，人们过着社日，只把他当作一位神祇来供奉，而不知道这里曾是一个皇帝的行宫。还有谁会问，廉颇老了，饭量还好吗？

作品鉴赏

赏析

这首词由南宋著名文学家辛弃疾作于宋宁宗开禧元年（1205）。当时韩侂胄执政，正积极筹划北伐，赋闲已久的辛弃疾于前一年被起用为浙东安抚使，这年春初，又受命担任镇江知府，戍守江防要地京口（今江苏镇江）。作者六十六岁任镇江知府时，登上京口北固亭写下这首感怀词。

这首词用典精当，有怀古、忧世、抒志的多重主题。江山千古，欲觅当年英雄而不得，起调不凡。开篇借景抒情，由眼前所见而联想到两位著名历史人物——孙权和刘裕，对他们的英雄业绩表示向往。接下来讽刺当朝执政者韩侂胄，像刘义隆当年一样草率，欲挥师北伐，令人忧虑。同时，思及自己老之将至而朝廷不会再重用，不禁仰天叹息。

词的上片怀念孙权、刘裕。孙权坐镇东南，击退强敌；刘裕金戈铁马，战功赫赫，收复失地，气吞万里。对历史人物的赞扬，也就是对主战派的期望和对南宋朝廷苟安求和者的讽刺和谴责。

下片引用南朝刘义隆冒险北伐，招致大败的历史事实，忠告韩侂胄要吸取历史教训，不要草率从事；接着用四十三年来强调抗金形势的变化，表示自己收复中原的决心不变；结尾三句，借廉颇自比，表示词人报效国家的强烈愿望和对宋室不能尽用人才的慨叹。

全词豪壮悲凉，义重情深。抒发感慨连连用典，中间稍加几句抒情性议论，不仅体现了辛弃疾词好用典的特点，也可窥见“词论”的风格。

随学随练

永遇乐·京口北固亭怀古

辛弃疾

千古江山，英雄无觅孙仲谋处。舞榭歌台，风流总被雨打风吹去。斜阳草树，寻常巷陌，人道寄奴曾住。想当年，金戈铁马，气吞万里如虎。

元嘉草草，封狼居胥，赢得仓皇北顾。四十三年，望中犹记，烽火扬州路。可堪回首，佛狸祠下，一片神鸦社鼓。凭谁问，廉颇老矣，尚能饭否？

拓展阅读

乌衣巷

［唐］刘禹锡

朱雀桥边野草花，乌衣巷口夕阳斜。
旧时王谢堂前燕，飞入寻常百姓家。

江南春

［唐］杜牧

千里莺啼绿映红，水村山郭酒旗风。
南朝四百八十寺，多少楼台烟雨中。

虞美人·春花秋月何时了

［五代］李煜

春花秋月何时了？往事知多少。小楼昨夜又东风，故国不堪回首月明中。
雕栏玉砌应犹在，只是朱颜改。问君能有几多愁？恰似一江春水向东流。

桂枝香·金陵怀古

［北宋］王安石

登临送目，正故国晚秋，天气初肃。千里澄江似练，翠峰如簇。
归帆去棹残阳里，背西风，酒旗斜矗。彩舟云淡，星河鹭起，画图难足。
念往昔，繁华竞逐，叹门外楼头，悲恨相续。千古凭高对此，谩嗟荣辱。
六朝旧事随流水，但寒烟衰草凝绿。至今商女，时时犹唱，后庭遗曲。

念奴娇·赤壁怀古

［北宋］苏轼

大江东去，浪淘尽。千古风流人物。故垒西边，人道是，三国周郎赤壁。
乱石穿空，惊涛拍岸，卷起千堆雪。江山如画，一时多少豪杰！

遥想公瑾当年，小乔初嫁了，雄姿英发，羽扇纶巾，谈笑间，樯橹灰飞烟灭。

故国神游，多情应笑我，早生华发。人间如梦，一樽还酹江月。

夏日绝句

［北宋］李清照

生当作人杰，死亦为鬼雄。

至今思项羽，不肯过江东。

南乡子·登京口北固亭有怀

［南宋］辛弃疾

何处望神州？满眼风光北固楼。千古兴亡多少事？悠悠。不尽长江滚滚流。

年少万兜鍪，坐断东南战未休。天下英雄谁敌手？曹刘。生子当如孙仲谋。

山坡羊·潼关怀古

［元］张养浩

峰峦如聚，波涛如怒，山河表里潼关路，望西都，意踌躇。

伤心秦汉经行处，宫阙万间都做了土。兴，百姓苦，亡，百姓苦。

参考文献

[1] 朱伟. 日读古诗词：写给大家的每日诗词课 [M]. 北京：中信出版社，2019.

[2] 郁海彤. 藏在故事里的必读古诗词 [M]. 哈尔滨：北方文艺出版社，2019.

[3] 夏墨. 最美古诗词 [M]. 武汉：华中科技大学出版社，2019.

[4] 方笑一. 古典诗词品读录：烟火 [M]. 北京：商务印书馆，2019.

[5] 于丹. 重温最美古诗词 [M]. 北京：北京联合出版公司，2018.

[6] 陈引池. 你应该熟读的中国古词 [M]. 上海：上海文艺出版社，2018.

[7] 吴玲. 中华最美古诗词鉴赏 [M]. 北京：中国纺织出版社，2018.

[8] 秦圃. 一生最爱古诗词·全彩珍藏版 [M]. 北京：北方文艺出版社，2017.

[9] 艾文茵. 落花时节又逢君：重温那些美好古诗词 [M]. 北京：中国纺织出版社，2017.